Phase 5

Kai Ringlstetter

Phase 5

von

Kai Ringlstetter

Bibliografische Information der Deutschen Nationalbibliothek:
Die Deutsche Nationalbibliothek verzeichnet diese Publikation in der Deutschen Nationalbibliografie; detaillierte bibliografische Daten sind im Internet über dnb.dnb.de abrufbar.

Herstellung und Verlag:
BoD – Books on Demand, Norderstedt

ISBN: 978-3-7526-4511-8

Inhaltsverzeichnis

Prolog

Ein barscher Wind wehte einzelne Flugblätter der momentan vorherrschenden Präsidentschaftskampagnen über die Straßen. Jetzt, in den letzten Tagen des Oktobers, kurz vor dem ersten Dienstag des Novembers, dem Wahltag des amerikanischen Präsidenten, wurden die Menschen regelrecht überflutet von allerlei Versprechen und Weissagungen.

Weniger Arbeitslose!, oder **kostenfreie Gesundheit!**, hieß es, während Präsidentschaftskandidaten ihr Konterfei auf großen Wahlplakaten ausstellten und um jede Stimme buhlten. Der heftige Wind, die Plakate und die ständig gelb blinkende Ampel verursachten beim Betrachter ein Gefühl des Sturms, des Durcheinanders, einen Gefühlseindruck der Kälte, die in alle Knochen zieht und sich dort häuslich einrichtet.

Der Straßenzug war gesäumt von einer Reihe Häuserblocks, zum Teil bewohnt, teilweise mit einfacheren Geschäften, die aber eher weniger abwarfen. Lediglich ein Gemüsehändler und ein kleiner Zeitschriften-Shop, sowie die Apotheke waren in der Lage, hier Umsatz zu generieren und das auch nur, wenn die meistens unpünktliche Straßenbahn hielt. Hier gaben sich diverse Anwohner die Klinke in die Hand. Die einen kamen nach Hause, die anderen gingen zur Arbeit. Aber wirklich lebendig war es hier nie.

Vielleicht war das der Grund, warum der Professor genau diese dunklen Ecken der sonst so hektischen Stadt ausgesucht hatte, um seine Aufgabe zu erfüllen. Tief unter der Brücke gab es nämlich eine kleine Immobilie, die im oberen Teil zum Ladenlokal umgestaltet war. Sie war sogar in Betrieb. Hier konnten die wenigen Menschen, die es dann doch hierher zog, in Ruhe einen Kaffee trinken, bevor sie sich wieder auf den Weg zu ihrer gewählten Beschäftigung aufmachten.

Das Ladenlokal war relativ unspektakulär eingerichtet und vom Aufbau ungefähr so gestaltet, wie die kleine Bar aus Edward Hoppers „Nighthawks“, das Lieblingsbild vom Professor. Es gab einen langen Tresen, dahinter gewöhnliche Einrichtungen wie Spüle, ein paar Schränke mit Gläsern und einigen Bechern. Ganz rechts ein großer Kühlschrank. Am Tresen befanden sich zehn Stühle in einer Reihe. Und wenn man auf einem dieser Stühle saß, hatte man eine riesige Scheibe im Rücken, die Passanten dazu einlud, hineinzuschauen.

Der Professor hatte mehrfach bewiesen, je mehr man den Menschen Einblick in eine Sache gewährte, desto weniger schauten sie hin. Und so hätte jeder unbegrenzt hineinsehen und den Mann hinter der Bar beobachten oder sogar regelrecht studieren können. Aber keiner tat es. Niemanden interessierte das Treiben, keiner wollte wissen, wie lange der Barmann brauchte, um einen Kaffee oder Tee zu servieren, einen Cocktail oder Longdrink zu mixen. Keiner wollte wissen, wie viele Menschen - und vor allem welche - dort den ganzen Tag über ein- und ausgingen. Und vielleicht fiel auch gerade deswegen niemandem auf, dass einer dieser Menschen morgens zu unterschiedlichen Zeiten durch die kleine Tür ins Lager ging und den ganzen Tag nicht wieder heraus kam. Selbst wenn es jemanden interessiert hätte, er hätte, ohne sich selbst davon zu überzeugen, lediglich mutmaßen können, dass es sich hier um den Manager handelte, der hinter verschlossener Tür seinen alltäglichen Geschäften nachgeht.

Doch das war nicht der Fall. Hinter der schlichten Tür befand sich zwar ein spärlicher Schreibtisch, der sowohl mit einem Butler für Kugelschreiber, Stempel, Lineal und einigen Quittungsblöcken, als auch mit einem Monitor, einem kleinen PC und einem etwas altertümlichen Telefon ausgestattet war. Von dem Menschen, der morgens hier hineinging, fehlte allerdings jede Spur.

Hätte es jemanden interessiert, hätte dieser sich außer dem Schreibtisch nur noch ein relativ einfaches Bild von einer Zahlenfolge ansehen können, die in einigen Farben und in fünf Reihen wiederholt wurde. Es war die vierstellige Zahl 6834, die zwar mit illusionierenden Effekten versehen, aber dennoch relativ klar zu erkennen war. Hätte man diese Ziffernfolge in das Telefon eingegeben, hätte eine kleine Vorrichtung in der Wand dafür gesorgt, dass eine versteckte Tür aufgeht, die direkten Zugang zu der Treppe ins Labor gewährte.

Das Labor – 22:00 Uhr

Endlich hatte er es geschafft. Nachdem er tagelang an vier Probanden die theoretischen Resultate überprüft hatte, war es gelungen. Sein Atem ging stoßweise. Er war fasziniert und traurig zugleich. Mit diesen eindeutigen Ergebnissen hatte er zwar bewiesen, dass sowohl eine Kommunikation über Gedanken, als auch die gezielte Steuerung von Körperfunktionen – wenn auch eingeschränkt - möglich ist, gleichzeitig war er in Gedanken aber auch bei den ganzen Opfern, die hierfür gebracht werden mussten. Dutzende Ratten waren bei den diversen Versuchen qualvoll verendet und hatten ein ums andere Mal um ihr Leben gekämpft.

Das Labor war etwa 40 Quadratmeter groß und quadratisch aufgebaut. Es gab noch zwei anliegende Räume, einer zum Anlegen von Sicherheitskleidung und eine kleine Toilette, die allerdings erbärmlich stank. Das war der Tatsache geschuldet, dass sie sich hier in einer unterirdischen Einrichtung befanden, die eigentlich nie so richtig für eine Toilette geplant war. Wann immer er es vermeiden konnte, erledigte er sämtliche dringenden Angelegenheiten in dieser Richtung eher zu Hause oder unterwegs. Jedes Bahnhofsklo war akzeptabler und so hatte er vorsorglich sogar ein „Außer Betrieb“ Schild an der Tür angebracht.

Wenn man das Labor über die Treppe erreichte, betrat man zunächst einen Gang, von dem rechts die beiden Räume abgingen und links eine Art Glaswand, die die eigentliche Forschungsstation von dem großen Kellergewölbe abtrennte. Schritt man den Gang entlang, kam man zu einer Sicherheitsschleuse mit Entlüftungs- und Desinfektionsanlage. Diese wurde für alle Eventualitäten eingebaut, allerdings war sie für die Forschung, die er mit dem Professor zusammen betrieb momentan nicht weiter notwendig. Es reichte, sich den *abgesehen von den Blutflecken der Ratte Casper* typisch weißen Kittel anzulegen und durch die meist offene Schleuse zu treten.

Im vorderen Teil stand die provisorisch zusammengebaute Kaffeemaschine. Weiter hinten waren die Käfige mit den Studienteilnehmern und der restliche Raum barg genug Platz für den Versuchsaufbau.

Die Probanden wurden hier in ein typisches Labyrinth gesteckt, in welchem sie die Aufgabe hatten, Ziffern zu lesen. Nur hinter der Tür mit der richtigen Zahl steckte auch die Belohnung. In Monate langer Forschung hatte der Professor theoretisch bewiesen, dass man mittels ins Hirn implementierter Nano-Drähte gezielt mit der Ratte kommunizieren konnte. Außerdem war man sogar fähig, die Wahrnehmung der Nager zu analysieren und in Töne und Sprache zu übersetzen. Es war ferner möglich, die Gefühle, Empfindungen und Reize im Gehirn der Ratte auszulösen und zu steuern. Natürlich konnte diese keine Zahlen lesen – aber der Mensch, der mit ihr in Verbindung stand schon.

Der Wunsch, diese Forschung zu Ende zu bringen, resultierte sicherlich aus seiner Kindheit. Bereits früh hatten sich seine Eltern getrennt. Seine Mutter, einst eine intelligente und wunderschöne Frau mit Doktortitel in theoretischer Physik, war leider an den Falschen geraten, der durch seine gescheiterte Karriere und anderer widriger Umstände früh den Glauben an so gut wie alles verloren hatte. Er flüchtete sich in den Alkohol und trieb die Familie damit in den Wahnsinn. Das Beste, was er schließlich tun konnte, war, die Familie zu verlassen. Doch er hinterließ einen Trümmerhaufen, den niemand so richtig aufzubauen vermochte. Seine Mutter zog sich immer weiter zurück und überließ den kleinen Jeremiah Owen seinem Schicksal. Sie schaffte es, ihn vom Kindergarten, Impfungen, sozialen Kontakten und dem eigentlichen Leben fernzuhalten, widmete sich ihren Tabletten und Psychosen und scherte sich einen Dreck um ihr Dasein.

So oft hatte er sich gewünscht, sie zu verstehen. Die Menschen zu begreifen. Doch es war ihm leider nicht gegönnt. Die Tage verlebte er einsam, das Wort „Schlafenszeit“ bestimmte sein Leben und so wurde aus ihm bereits in frühestem Kindesalter ein eigenbrötlerischer Mensch, der stets auf sich allein gestellt war.

Es grenzte an ein Wunder, dass eine Sozialarbeiterin, die zufällig mit dem Auto an dem Haus der Owens vorbeifuhr, einen Platten hatte und ihr Fahrzeug verlassen musste. Mit einem Seitenblick, der eigentlich dazu bestimmt war, sich in dieser düsteren Gegend abzusichern, nahm sie den kleinen Jungen mit dem pausbäckigen Gesicht und den durchdringend blauen Augen wahr. Er sah ihr von der anderen Seite durch ein Fenster völlig leer und verwahrlost entgegen, seinen Stoffteddy mit dem abgerissenen Ohr und dem kleinen, am seidenen Faden heraushängenden Knopfauge ganz fest an sich gedrückt.

Es waren Schicksale wie diese, die sie in diesen Job getrieben hatten und auch ihre Kindheit war nicht wirklich die Beste. Sie beschloss also, anonym in ihrer Dienststelle anzurufen und eine Vermutung zu Protokoll zu geben. Dort nahm man sich des Falles an und stellte recht schnell fest, dass hier dringender Handlungsbedarf bestand. So nahm man den kleinen Jeremiah Owen in Obhut und versuchte, ihm eine bessere Zukunft zu bescheren als die, die über ihm zusammenzubrechen drohte. Nach einiger Zeit in einer Einrichtung, in der er zwar nicht für immer bleiben wollte, die ihm aber merklich besser tat, als sein früheres Leben, blühte er mehr und mehr auf.

Zwei Sachverhalte haben ihn nie losgelassen. Keiner erklärte ihm je irgendetwas und niemanden verstand er so richtig. Er versuchte immer, sich alles selbst beizubringen, guckte sich von anderen viel ab und lernte autodidaktisch. Diese unrühmliche Kindheit weckte nicht nur seinen Forscherdrang und die Richtung, in die er forschen wollte, sie trieb ihn geradezu voran. Und so kam es dann schließlich, dass er sich der Verhaltensforschung des Menschen widmete. Bald war er renommierter, als man es je hätte annehmen können und heimste mal hier mal da den einen oder anderen Wissenschaftspreis ein.

Doch dies alles war für ihn immer noch elementare Forschung. Er wollte weit über das

Ziel hinaus und beweisen, dass man in den Menschen reingucken kann.

So begab es sich zu einer Zeit, dass er nach einer Veranstaltung, bei der er Gastredner war, auf Dr. Mattes traf. Der Doktor war ein hochgewachsener Mann mit schwarzen Haaren, die ihm mehr oder weniger verwirbelt vom Kopf abstanden. Er hatte blassgrüne Augen, die hinter einer kleinen, runden Brille intelligent hervor funkelten. Ein Mann, der es vorzog, andere zu beobachten und wenig von sich selbst preiszugeben. Sein messerscharfer Verstand und seine direkte Art hielten bereits in früher Kindheit andere davon ab, sich mit ihm abzugeben.

In einem Gespräch zwischen den ganzen anderen fand der Doktor kurz Gelegenheit, Professor Owen seine Forschungsergebnisse bezüglich Nano-Technologie zu präsentieren. Für den Professor war dies das interessanteste Gespräch seit langem und so kam es dazu, dass die beiden sich ein weiteres Mal trafen, um dieses Thema nochmals ausführlich zu besprechen. Schnell gerieten sie ins Schwärmen, was man alles machen könnte, wenn man die Forschung auf diesem Gebiet weiter trieb. Immer weiter befeuerte Dr. Mattes den Professor, trieb seine Gedanken an und entfachte einen wahren Großbrand an Leidenschaft.

Bis zu dem Zeitpunkt, als der Professor Dr. Mattes völlig betrunken erlebte. Mit ausgezogenen Socken, heraushängendem Hemd und von Alkohol geschwängerter Zunge begrüßte er ihn eines Abends an der Haustür und beschimpfte die gesamte Wissenschaft in schier endlosen Tiraden als System-gesteuerte Stümper. Diese Erfahrung löste tiefe Verachtung in ihm aus und er erinnerte sich daran, dass er den Doktor bereits häufiger angetrunken vorgefunden hatte. Obwohl dieser es verstand, die Skepsis des Professors einzulullen und den Vorfall, sowie den angeblich gelegentlichen Griff zur Flasche mit einem traumatischen Erlebnis zu erklären, war dessen Vorsicht und Misstrauen doch angewachsen. Zwar fand er die Einfälle des Doktors durchaus weiterhin interessant, sein Innerstes sträubte sich aber vehement gegen eine Zusammenarbeit.

Und so zog er sich mehr und mehr zurück und überließ den Doktor seinem Schicksal, welches anscheinend daraus bestand, weiter zu trinken und dann seinerzeit einfach von der Bildfläche zu verschwinden.

Doch Professor Jeremiah Owen hatte durch die Gespräche viel Wissen aufgesogen. Er hatte schlichtweg zu wenig Zeit, um all das, was er gerne erforschen würde, auch umzusetzen. Eine Zweiteilung wäre ausgezeichnet, doch da das eher unwahrscheinlich war, musste ein Partner her. Einer, der genauso verbissen forschte, von dem er aber nie abhängig war. Ein intelligenter und williger Gehilfe, der verlässlich war, gutherzig und den Willen zum Verändern der Welt verspürte, aber gleichzeitig nicht allzu viel darüber nachdachte, was er mit seiner Forschung bewirken könnte. Denn es gab Risiken. Große Risiken.

Ein Abendessen bei seinem Sohn entpuppte sich dann für den Professor als wahrer Glücksfall. Da seine Ehefrau früh verschied, trafen sie sich oft und unternahmen zusammen allerlei Ausflüge, spendeten sich gegenseitig

Trost, fachsimpelten über die Wissenschaft, spielten Schach oder regten sich sonst irgendwie zu intellektuellen Höchstleistungen an. Micky Owen genoss die Stunden mit seinem Vater und wann immer er konnte, versuchte er ihn in sein Leben zu integrieren.

An besagtem Abend war eigentlich eine kleine Dinner-Party geplant, doch durch die einen oder anderen Umstände hatten sich gleich drei Gäste entschuldigen lassen. So blieb am Ende lediglich der Kommilitone Steven McAllister übrig und Micky beschloss, seinen Vater dazu einzuladen.

Im Verlaufe des Abends stellte der Professor recht schnell fest, dass er sich perfekt mit Steven unterhalten konnte. Er bemerkte interessante Ansätze in der Denkweise, stechende Logik, einen talentierten und wachen Geist und gleichzeitig die Fähigkeit, sich begeistern zu lassen und andere mitzureißen. Steven war all das, was der Professor sich von einem Forschungspartner erhoffte, was er in verschiedenen Ansätzen weiter überprüfte.

An dem Abend noch stellte er fest, dass sein Hauptinteresse der Biochemie galt. Auf diesem Gebiet war er zu Hause und beantwortete alle Testfragen, die der Professor ihm insgeheim stellte, mit sehr zufriedenstellender Ausführlichkeit. Jeremiah Owen war beeindruckt. Mehr und mehr lernte er über die Persönlichkeit des Steven McAllisters. Er war intelligent, strebsam, wissensdurstig aber trotzdem recht einfach strukturiert, definitiv kein Frauenschwarm trotz seines guten Herzens aber das war nicht nur nicht notwendig, es würde auch hilfreich sein für eine eventuelle gemeinsame Arbeit. Schließlich würde er sich dann mehr auf das Wesentliche konzentrieren können und die möglichen Ablenkungen oder Unpässlichkeiten, die gewöhnliche Familienväter - nicht mal zwingend schuldhaft - an den Tag legten, waren auf ein Minimum begrenzt.

Der Professor hatte ihn gefragt, was er von Tierversuchen halten würde. Auch er war stets dagegen gewesen, diese zur Forschung auf dem Gebiet des Make-ups oder auf andere unvorstellbare Arten dem Forscherdrang des Menschen zu unterwerfen. Zwar musste er sich eingestehen, dass diese dennoch für gewisse Tests notwendig waren, um den Fortschritt und vor allem den Fortbestand der Menschheit zu gewährleisten, trotzdem war ihm hier das Minimalprinzip ein wichtiges Anliegen. Nicht mehr als nötig bei gleichzeitig bestmöglichen Probanden und dementsprechenden Ergebnissen.

Steven war Vegetarier und fand, dass alle Tiere frei und in Frieden vor sich hinleben sollten. Er fachsimpelte gerne über Tierhaltung und daraus resultierende Werbelügen wie „Freilaufende Hühner“ oder „Kühe aus Weidehaltung“ bei denen einfach offensichtlich war, dass sich die Leute der werbenden Firma zusammen setzten und die immer gleichen Gespräche führten und Taktiken anwendeten.

„Es sei ein Spiel der Auslegungssache...“, fachsimpelte er und erklärte, dass die Zuständigen sich zunächst fragten, was eigentlich die rechtliche Definition von „Weidehaltung“ sei, *Schritt 1*. Und wenn sie feststellten, dass im Gesetz steht „Weidehaltung“ hieße, dass eine Kuh an X Tagen Zugang zu einer Weidefläche von X qm haben musste, dann sorgten sie dafür, dass diese Kuh nachweisbar genau das bekam, nicht mehr, aber manchmal sogar weniger. Zwar belegten die entsprechenden Papiere, dass die Tage eingehalten werden, aber der Wahrheit entsprach das leider nicht immer. Es ging um die Einhaltung der gesetzlichen Definition, nicht um die Kuh, *Schritt 2, Auslegung und Sicherstellung.*

Schritt 3 sei dann letzten Endes die Schaffung einer illusionären Werbelüge, bei denen die Menschen sich beim Kauf wohlfühlten und nicht weiter drüber nachdachten. Ein Leitsatz, der den Konsumenten nicht nur beim Erwerb, sondern auch während des Genusses ein gutes Gefühl gab und dafür sorgte, dass sie es selbständig ins Gespräch bringen. „Also wir kaufen nur Milch von Kühen aus Weidehaltung!“, sollten diese sich auf Partys erzählen… und genau das taten sie auch.

Dass die Kühe ansonsten ein elendes Leben führten, zusammen auf engstem Raum, dass die Kälber unnötig früh von ihren Müttern getrennt werden, dass die Euter überstrapaziert wurden und all die weiteren Gerüchte, die Steven McAllister beschäftigten und bei denen er sich in Rage sprach, das stand leider nicht auf der Packung.

Es waren Monologe wie diese, die den Professor überzeugten, dass er sein Herz am rechten Fleck hatte und er konnte ihn kontrollieren, dessen war er sich sicher.

Er lud ihn an einem Nachmittag zu sich nach Hause ein und erläuterte ihm seine visionären Forschungsträume. Für Steven war das eine ganz große Nummer. Er wähnte sich bereits bei dem Gespräch in einem Atemzug beschrieben an der Seite des populären Professors bei der Übergabe diverser Wissenschaftspreise. Die beiden würden Großes schaffen, und vielleicht die Menschheit verändern. Seine Neugier und sein Forschungsdrang waren geweckt. Er wollte am liebsten sofort anfangen und so tolerierte er auch, dass die Probanden leider eine kleine Operation über sich ergehen lassen mussten, die er zum Glück nicht selber vornehmen sollte. Dafür hatte der Professor ein weiteres Team akquiriert, welches die Probanden entsprechend vorbereitet lieferte.

Es war eine harte Prüfung für Steven, aber letztlich hatte er sich mit der Situation abgefunden und beschlossen, den Tieren wenigstens in der Zeit, in der er sich um sie kümmerte, ein gutes Leben zu geben. Soweit das möglich war.

Steven ging tagein tagaus in sein Labor und studierte das Verhalten seiner Probanden immer mit dem Blick auf das beispiellose Forschungsziel.

An dem Tag, an dem sein ganzes Leben umgekrempelt wurde, hatte er bereits morgens den falschen Fuß auf die Erde gesetzt. Er war abends beim Fernsehen eingeschlafen und hatte sich weit nach 0:00 Uhr aufgerappelt und in sein Bett geschleppt. Viele Gedanken ratterten in seinem Kopf, er spürte, dass er mit seinen Versuchen kurz vor dem Durchbruch war und so kam es natürlich, dass er nicht wieder richtig einschlafen konnte. Er wälzte sich hin und her und wenn er dann doch mal kurz einnickte, träumte er von Operationen, bei denen ihm Drähte in den Kopf gesetzt wurden.

In dem Traum betrachtete er das Geschehen zunächst von außen. Er sah, wie sein Kopf in einem riesigen Metallgestell eingespannt war und die Ärztemannschaft, von der jeder mit einer anderen Art Säge bewaffnet war, langsam auf ihn zuging. Er schrie laut und versuchte, sich zu befreien, aber keiner hörte ihn. Der Professor stand mit seinem Sohn in einer Ecke des Raumes und erklärte dem wissbegierigen, kleinen Micky Owen jeden einzelnen Schritt der Operation. In dem Moment, in dem die Schwester die Stichsäge an seinem Kopf ansetzte und größter Schmerz zu erwarten war, wechselte seine Perspektive auf den Blick aus einem Gefängnis. Eingeschlossen in einem Käfig knabberte er an einem Stück Thunfischpizza, immer noch völlig außer Atem, da er vorher wie irre durch ein Labyrinth schoss und überall gegen lief. Um ihn herum und in seinem Kopf waren Männer- und Frauenstimmen, die ihn anfeuerten, die ihm Befehle gaben. *„Rechts, Links, im Kreis drehen!"* Sein Orientierungssinn war durch diese schrecklichen Stimmen nahezu außer Gefecht gesetzt. Dann, als er die golden leuchtende Tür durchschreiten wollte, wechselte wieder die Perspektive. Der Professor hielt ihn auf seinem Arm und streichelte seinen Rattenkopf, der sich immer noch im Metallgestell befand, während er auf vier weitere Käfige starrte. Er wachte auf, nachdem sich diese der Reihe nach aufblähten und in einem riesigen Schwall voller Blut explodierten.

Als der Wecker schließlich klingelte, fühlte er sich wie gerädert. Er ging ins Bad, fluchte, als ihm die Kappe der rotweiß gestreiften Zahnpasta, die er vom Geschmack her so sehr liebte, mal wieder unter den Schrank rollte und schnitt sich dann auch noch beim Rasieren knapp unterhalb der Nase. Er hatte erneut eine dieser günstigen Klingen aus dem gegenüber liegenden Supermarkt benutzte, statt sich wie von Micky Owen empfohlen doch endlich mal die teuren zu kaufen. Sein Freund hatte ihm in langen Monologen über die Herstellung und die Qualitätsansprüche berichtet, ähnlich wie die Ansprachen von Steven, wenn es um die Tierhaltung ging und ihm sehr ans Herz gelegt, dass er doch endlich umsteigen sollte. Sogar vorgerechnet hatte er, dass er mit den Qualitätsklingen am Ende auch noch sparen würde –

und doch gab es kein Einsehen bei ihm. Heute zahlte er wieder mal den Preis dafür.

Noch dazu stolperte er dann über seine Klamottenspur, die er in der Nacht quer durch die ganze Wohnung liegen gelassen hatte. Der Toast war wie immer verbrannt und der Zeitungsjunge hatte wieder einmal alle Exemplare, die für dieses Hochhaus gedacht waren, wahrscheinlich irgendwo in den Müll geschmissen. Es war ein Chaos sondergleichen und so fluchte er sich ein ums andere Mal von einer Situation in die nächste.

Der indische Taxifahrer bedachte ihn beim Einsteigen mit einem stirnrunzelnden Blick und musterte sowohl die Zahnpasta Flecken auf seinem Kragen, als auch die kleinen Toilettenpapier-Schnipsel, die er sich zum Blut stillen auf die offenen Wunden gelegt hatte. Dann drehte er seine Musik lauter und bestand in seinem ganz typisch akzentuierten Englisch auf die Barzahlung des Fahrpreises, da sein Kreditkartenleser angeblich defekt sei. Er rümpfte die Nase, als Steven dieses Gehabe mit keinem Trinkgeld honorierte. Vielleicht sollte er nächstes Mal mit dem Fahrrad fahren – aber wäre das besser? Sicher wusste er das nicht.

Im Labor angekommen, machte er sich dann an die Arbeit. Er hatte sich wie immer diese merkwürdigen Dioden an den Kopf gebaut und versuchte nun, dem jeweiligen Versuchstier gezielt den Weg durch das Labyrinth mitzuteilen. Um Zufälle auszuschließen oder auch, um zu verhindern, dass der Proband sich den Weg merkt, hatte er nach einem chaotischen Prinzip ständig wechselnde Anweisungen gedacht, die der Ratte den Weg weisen sollten. Bei vielen Probanden waren die Versuche leider nach hinten losgegangen, denn ihr Körper wehrte sich gegen die Installation der Nanodrähte und versuchte, diese loszuwerden. Das endete stets mit einem qualvollen Tod und so war er sehr motiviert, entsprechende Chemikalien herzustellen, die die Abstoßung verhinderten und idealerweise zusätzlich dafür sorgten, dass die Empfangsbereitschaft seiner Gedanken erhöht wurden.

Am heutigen Tag war es dann soweit. Nachdem er lange mit der Formel herumprobiert hatte und schließlich bei Version 13.3 angekommen war, wurde er für den vielen Fleiß belohnt. Ständig aufs Neue hatte er die Tiere durch sein Labyrinth gelotst. Wann immer er *rechts* dachte, hatten die Ratten sich auch dorthin gewendet, wenn er *links* dachte, begaben sie sich ebenfalls in die korrekte Richtung. Er spürte, dass heute sein größter Tag werden würde, obwohl er ja so schlecht angefangen hatte, und dokumentierte alles penibel genau. Am Ende des Tages hatte er das Labyrinth sage und schreibe zwanzig Mal umgebaut und teilweise sogar Belohnungen weggelassen oder dafür gesorgt, dass die Tiere sich im Kreis drehte. Sie taten alles, was er wollte und was er ihr per Gedanken mitteilte, während sie sich dabei und auch nach diesem harten Tag bester Gesundheit erfreute. Sogar die Aufzeichnungen der Hirnströme am PC belegten das deutlich. Er hatte es ebenfalls geschafft, dass die Ratten Laute von sich gaben, wenn er es befahl. Der Wand-Test war sicherlich ein wenig schmerzhaft, aber notwendig.

Bei diesem hatte er die Probanden nur leicht abgebremst gegen eine Wand laufen lassen. Jedes normale Tier wäre vorher stehen geblieben, doch nicht seine Versuchsteilnehmer. Das tat ihm natürlich sehr leid, aber auch so ein Test musste laut Protokoll sein - all das war ein Durchbruch, SEIN Erfolg. Es war beliebig oft reproduzierbar und ein absoluter Volltreffer.

Zum Schluss brachte er seine Lieblingsratte in den für ein Versuchstier leicht überdimensionierten Käfig zurück. Dieses Gehege war durch ein abenteuerliches Leben bereits stark beansprucht worden. Selbst dem Namensschild, auf dem man nur noch den Buchstaben „J" erkennen konnte, fehlten zwei Ecken und auch die Farbe war schon lange abgeplatzt.

Er servierte ihr noch das Lieblingsfutter und brachte dann die Phiole mit der Aufschrift *Phase* in die Vitrine. Danach speicherte er die zugehörige Formel unter Phase_v_13.3 auf dem USB-Stick und steckte diesen in den Safe, der in die Wand hinter seinem Schreibtisch eingelassen war.

Darauf rief er den Professor an. Es klingelte dreimal, bis dieser ranging. „Jeremiah? Ich habe es geschafft! Kommen Sie am besten sofort wenn es Ihnen möglich ist.“, sagte er atemlos und legte auf, ohne eine Antwort abzuwarten. Er wusste, dass der Professor die Nummer erkannt hatte und er war sich dessen bewusst auch, dass dieser schon lange auf eine derartige Meldung gewartet hatte. Er hatte sein ganzes Leben quasi auf diese Worte hingearbeitet und jeder Schritt, sei es in der Schule oder im Studium hatte ihn genau zu diesem Telefonat geführt. Deswegen war er sich auch sicher, dass jetzt nur noch etwa 40 Minuten vergingen, bis er aufgeregt in sein Labor kam und sich die Forschungsergebnisse präsentieren ließ.

Danach würden sie feiern, vielleicht eine Zigarre rauchen. Er würde seine Prämie kassieren und sie würden sich gemeinsam an einen Tisch setzen und die nächsten Schritte besprechen. Man musste die Ergebnisse nun festigen, Nebenwirkungen und sonstige unerwünschte Beigeschmäcker erforschen und anschließend eliminieren.

In der Folge konnte man das Ganze dann mit riesigem Tamtam an die große Glocke hängen. Sie würden Geschichte schreiben. Wenn er recht überlegte, hatte er das eigentlich sogar jetzt schon. Innerhalb weniger Monate war ihm dieses Kunststück gelungen. Das hätte selbst er nicht geglaubt, als er damals vor der Tür des Professors stand und von ihm in diese faszinierende Welt eingeweiht wurde.

Er beschloss, sich einen Kaffee zu kochen und zu warten. Währenddessen überlegte er, ob er bei etwaigen weiteren Forschungen mehr Gehalt verlangen konnte und wie er dem Professor das am besten beibringen sollte, wenn er gleich euphorisch durch die Tür schritt.

Doch es sollte alles anders kommen.

Das Herrenhaus

Zwei Jahre später.

Nach der lange andauernden Fahrt kamen sie schließlich in ein abgelegenes Waldgebiet. Sie bogen von der langgezogenen Waldstraße in eine kleine Abzweigung und arbeiteten sich weiter voran in eine niedliche Allee. Hier war der Weg bereits wieder geteert und nach einer erneuten Biegung hatten sie ein riesiges

Anwesen erreicht, welches scheinbar still und heimlich in diesem Wald vor sich hin existierte.

Sie stiegen aus und klingelten an der Tür rechts von dem imposanten Tor, welches aus dicken Eisenstreben bestand. Jede zweite Spitze war von einer Ranke umschlungen, die aussah wie ein DNA-Strang. Es summte und die Tür ließ sich nach innen drücken. Sie schritten hindurch und erfassten das beeindruckend große Areal mit dem riesigen Herrenhaus. Es war zentral angeordnet in einem penibel gepflegten Garten, der unter anderem von einem großen, alten Brunnen geschmückt war. Dieser ragte kunstvoll verziert aus dem Boden und einer der beiden riesigen Hunde nutzte ihn als Wasserquelle, derweil der andere die umher fliegenden Vögel beobachtete. Der Brunnen war umringt von einer gepflasterten Umfahrt, die so angelegt war, dass man mit dem Auto im Kreis herum geleitet wurde. Danach konnte man dann entweder weiter in die sehr großzügige Garage fahren, oder sein Fahrzeug wenden – typisch für Besucher mit Limousinen und anderen großen Autos.

Alleine der Anblick des Anwesens und die drei protzigen Sportwagen, die aus der Garage herausblitzten, vermittelten bereits einen Eindruck von dem scheinbar unendlich großen Geldbeutel des Besitzers. Alleine der grüne und sehr gut gepflegte `54er Ford Vedette muss entweder bei der Restauration oder aber beim Kauf Unsummen verschlungen haben. Dieser würde sicherlich so manchen Autofan zum Staunen verleiten.

Ein Gärtner-Team war damit beschäftigt, den akkurat geschnittenen Rasen weiter zu trimmen und die Pflanzen sowie den Rest in diesem nahezu perfekten Zustand zu halten.

Sie schritten über den Weg, der sie zu einer opulenten Treppe führte, rechts und links bewacht von furchterregenden und finster dreinblickenden Statuen. Es schien, als hätte der Eigentümer einen seltsamen Hang zur Gotik.

Sie gingen die Treppe herauf. Oben angekommen öffnete ihnen ein Butler, welcher sie durch die atemberaubende Empfangshalle führte, die in dunklem Holz gehalten war, gesäumt von rötlichen Teppichen. Eine riesige

Standuhr beanspruchte hier ihren Platz in einer Nische, die mit ihrem Ticken für das einzige Geräusch sorgte. Alle paar Meter waren große, lang gezogene Fenster in dunkle Holzrahmen eingefasst, dessen Buntglasscheiben ein gemütliches Licht auf die Halle warfen. Hier und da fand man eine Topfpflanze und ein kleiner Sekretär mit altertümlichem Telefon und allerlei Briefen rundete den wohligen Eindruck ab. Doch irgendwie wollte das so gar nicht zum Bauchgefühl passen.

Der Butler führte an der Treppe vorbei in den rechten Flügel. Niemand sprach und durch die dicken Teppiche machte auch keiner Geräusche beim Laufen. Sie betraten einen langen Gang durch eine hölzerne Flügeltür, die ebenfalls mit farbigen Glaselementen versehen war und zu beiden Seiten hin geräuschlos nach innen aufschwang. Dann bewegten sie sich auf eine große, dunkelbraune Doppeltür zu, die mit einem goldenen Türknauf versehen war, geformt wie ein Schmetterling.

Langsam wurde der Knauf herunter gedrückt und die Holztür öffnete sich nach innen. Sie betraten einen quadratischen Raum, der durch riesige Fenster von hellem Sonnenlicht erfüllt war.

Ein ovaler Mahagoni-Tisch beherrschte seine Mitte. Rechts und links davon saßen zwei Männer, die nicht aufstanden und auch sonst keinerlei Reaktionen auf ihr Eintreten zeigten. Der rechte schien ca. 1,65m groß und hatte eine sehr rundliche Statur. Seine kleinen, blauen Augen blickten streng durch die Brille mit schmalem Goldrand. Er trug einen schwarzen, einreihigen Anzug und wirkte trotz seiner eher untersetzten Größe respekteinflößend.

Der andere Mann überragte diesen um gute zwanzig Zentimeter und hatte einen blassen Teint. Sein ebenmäßiges Gesicht ohne Regung und seine tief liegenden, wachsamen Augen hätten ihn wahrscheinlich zu einem großartigen Pokerspieler machen können.

„Mister Shaw, darf ich Ihnen meine beiden Partner vorstellen“, meinte der ebenfalls groß gewachsene Mann, der die Tür geöffnet hatte, und verwies mit einer ausladenden Bewegung auf das kleine Pendant.

„Zunächst unseren Rechtsanwalt und Notar, Mister Grey.“ Adam schüttelte die Hand des rundlichen Mannes und dachte dabei, dass das wohl die passendste Berufswahl für das kleine Moppelchen war, die er sich vorstellen konnte. Sein Händedruck war kühl und geschäftsmäßig und lies immer noch nicht im Entferntesten vermuten, ob es sich hierbei um eine gute oder schlechte Angelegenheit handelte, zu der man ihn so aufwändig her zitiert hatte. Weiter ging es um den Tisch herum zu dem größeren Mann. „Mister Shaw, das ist Mister West.“

Es erfolgte keine nähere Erläuterung, wer er war. Adam fühlte lediglich einen kräftigen Händedruck, der einen kurzen Moment länger dauerte, als man es allgemein für üblich halten würde, während die stahlblauen Augen ihm durch die seinen hindurch direkt in sein Gehirn schauten. Er fühlte sich nackt. *Nackt und unwohl.*

„Mr. Shaw. Mein Name ist Dr. Malcolm Alexander Mattes.“, sagte der Mann, der die Vorstellungsrunde eröffnet hatte und streckte ihm die Hand entgegen.

Auch er hatte einen maßgeschneiderten und wahrscheinlich für Adam im ganzen Leben nicht bezahlbaren Anzug an. Wenn man ihn betrachtete, bemerkte man seine lebendigen blauen Augen, sein strahlendes Lächeln, mit dem er auch Adam in diesem Moment anlächelte und zumindest dadurch ein wenig Hoffnung auf einen positiven Grund dieses Treffens weckte.

Man konnte sich Doktor Mattes sehr gut auf einem Boot vorstellen, mit einem Glas Champagner in der Hand und von vielen jungen, hübschen Frauen umringt. Geld spielt keine Rolle. Andererseits konnte man ihn sich auch in einer Kirche vorstellen, in der er auf einer Kanzel stand und seine Hände hob und predigte. Wahrscheinlich irgendwas dazwischen, dachte Adam, immer noch rätselnd, was das Ganze hier verflucht nochmal zu bedeuten hatte.

Als die Herren sich hinsetzten, bemerkte Adam, dass eine kleine Kamera an der rechten hinteren Ecke befestigt war, die sich langsam bewegte. Sie wurden also beobachtet. Dr. Mattes bedeutete Adam sich zu setzen und tat es ihm gleich, wie auch seine beiden Gefolgsleute.

Adam fand sich in einem äußerst bequemen Lederstuhl wieder und ließ seinen Blick weiter durch den Raum schweifen, um Anhaltspunkte zu finden. Er bemerkte zwei Aktenmappen aus schwarzem Leder auf dem Tisch, auf welchen große Logos oder Wappen geprägt waren. Erneut fragte er sich, was das alles sollte und bemerkte stets dieses beklemmende und machtlose Gefühl, dass ihn bereits durchzog, als ihn die drei Halbaffen an seiner Wohnungstür abholten. Wahrscheinlich standen diese jetzt auch vor der Tür und verhinderten, dass er ohne das Wohlwollen der drei anderen Herren hier das Weite suchen konnte. „Wasser?", fragte Dr. Mattes, während die anderen beiden das mit Stille und Regungslosigkeit quittierten. Nachdem Adam nickte – und dies nebenbei auch wieder als ein gutes Zeichen auffasste – war die ruhige und bedrohliche Atmosphäre des Raumes von einem klirrenden Wasserglas unterbrochen, es wurde kein Wort gesprochen. Kein Lächeln. Kein Smalltalk.

Selbst der prachtvolle Ausblick auf den herrlichen Garten, der hier nach hinten raus sogar einen üppig angelegten Pool beinhaltete, vermochte es nicht, Adam in irgendeiner Weise zu beruhigen. Diese kleinen „guten Zeichen“ verpufften, ehe sie sich ausbreiten konnten. Das Wasser war still. Eigentlich genau so, wie er es mochte aber in diesem Moment verschaffte es ihm einfach nur Gelegenheit, kurz durchzuatmen. Er bildete sich ein, dass er aus dem Wasser so etwas wie Kraft ziehen konnte, Energie für das, was da käme, und er nutzte die Pause, um kurz zu Atem zu kommen.

Dr. Mattes nickte seinen beiden Begleitern zu und öffnete den Ledereinband der schweren Mappe, die vor ihm lag. „Mr. Shaw“, begann er und stützte sich dabei auf dem Tisch ab, während er sich vorbeugte und Adam mit seinem durchdringenden Blick ansah. „der Grund, warum ich Sie hergebeten habe ist folgender:“ –

Hergebeten…, dachte Adam und führte sich seinen gemütlichen Couchabend vor Augen.

Er war nach seinem Feierabend endlich zu Hause angekommen, hatte es sich mit einem Bier und seiner Lieblingspizza auf dem Sofa gemütlich gemacht und wollte gerade eine Folge von seiner Lieblingsserie gucken, als es plötzlich an der Tür klingelte.

Einmal wird ignoriert – so etwas wie ein Leitsatz der Faulen – und so drehte er den Fernseher einen Deut leiser, vergrub sich weiter in die Decke und biss in seine herrliche Pizza. Wieder klingelte es an der Tür. Zweimal. Die Grenze zwischen absolut verdienter abendlicher Faulheit und geweckter Neugier war überschritten, aber es mischte immer noch ein wenig Gleichgültigkeit mit. Er verharrte unter seiner Decke und stellte den Ton aus. Er kaute langsam und versuchte möglichst alle Geräusche, die draußen vor seiner Tür stattfanden, einzufangen und zu ordnen. Eine ewig lange Minute verging. Gerade wollte er durchatmen, den Fernseher wieder lauter stellen und genüsslich in das nächste Stück Pizza beißen, da klingelte es zum dritten Mal, unmittelbar gefolgt von einem polternden Klopfen. Laut und wuchtig. Murrend warf er die Decke zur Seite und erhob sich gequält von der Couch, zog sich innerlich fluchend eine Hose und ein T-Shirt an, band seine langen Haare mit Hilfe eines Zopfgummis zurück und stampfte zur Tür. „Der kann was erleben!“, murmelte er.

Als er die Tür aufmachte, traute er seinen Augen nicht. Zwei riesige Männer standen hinter einem kleinen, falsch lächelnden kleiner Kauz, der ihn höflich begrüßte. „Mr. Shaw?“ Adam nickte. „Schön! Ich habe den Auftrag, Sie zu einem Treffen höchster Wichtigkeit zu begleiten. Wollen wir?“, fragte er und mehr nicht. Gleichzeitig bedeutete er ihm mit einer Geste, dass er vorgehen soll.

Adam stand mit offenem Mund da und versuchte zu begreifen, was gerade passiert. Nach kurzem Überlegen formulierte er tonlos seine Gedanken, während sein Mund sich auf und ab bewegte, dann merkte er das, hielt inne, schnappte nach Luft und versuchte es nochmal, diesmal mit Ton.

„Ähm, ich weiß ja nicht, was Sie glauben, wer Sie sind aber ich habe kein Interesse an was auch immer! Auf Wiedersehen!“

Er wollte einen Schritt nach hinten treten, um die Tür zuzumachen, doch der kleine Mann hielt seinen Arm schraubstockartig fest.

„Also jetzt erlauben Sie mal! Lassen Sie mich los!“, sagte Adam und zog seine Schulter mit einem kraftvollen Ruck Richtung Tür.

Angst erfüllte ihn und eine leichte Panik machte sich in ihm breit. Der kleine Mann hielt ihn mit eisernem Griff fest, wartete, bis ihre Blicke sich trafen und sagte: „Mr. Shaw. Ich habe den Auftrag, Sie sofort zu diesem Treffen zu bringen und ich erfülle meine Aufträge immer. Die beiden Herren hinter mir sind eine zusätzliche Versicherung. Auch diese Herren pflegen ihre Versprechungen stets einzuhalten und sind absolut zuverlässig im Umgang mit Menschen, die sich ihren Aufträgen wie auch immer geartet widersetzen. Ich bin kein Freund von Gewalt aber ich werde Sie dazu zwingen, mitzukommen wenn Sie nicht vernünftig werden! Ich versichere Ihnen, dass Ihnen kein Leid geschieht und dass Sie vor dem Treffen keine Angst haben brauchen aber ich dulde keinen Widerstand. Sie haben die Gelegenheit, sich 5 Minuten frisch zu machen und Ihre Kleidung zu wechseln während wir in Ihrer Nähe bleiben. Danach werden Sie mit uns in unser Auto steigen und uns begleiten! Wenn es keinen Teil meiner Worte gibt, den sie nicht verstanden haben, läuft Ihre Zeit jetzt!“

Adam starrte ihn mit weit aufgerissenen Augen an. Ja, er hatte die Worte verstanden. Ja, er hatte sie auch begriffen. Aber er hatte nicht im Entferntesten eine Ahnung, was das hier zu bedeuten hatte. Er wusste nur, ihm blieb anscheinend keine Wahl. Die beiden Schränke hinter dem kleinen Mann hatten Arme, die eher mal Oberschenkel werden sollten und sahen aus, als hätten sie noch niemals in ihrem Leben gelacht.

Also fügte er sich seinem Schicksal, drehte sich langsam um und suchte Klamotten, die nicht nach Pizzabude rochen und einigermaßen frisch waren. Er wurde stets von einem der beiden Schränke begleitet.

Dieser drehte sich lediglich dezent zur Seite, wenn Adam sich umzog, blieb aber ansonsten immer in Griffweite, während der andere den Weg zur Tür versperrte.

Der kleine Mann wachte an dem zweiten möglichen Ausweg, dem Fenster. Dieses hätte zwar den sicheren Tod bedeutet ob der Tatsache, dass man sich hier im 23. Stockwerk befand aber man kann ja nie wissen.

Nach genau fünf Minuten bedeutete der kleine Mann Adam mit einer unmissverständlichen Geste, dass es nun Zeit war und so setzten sich die vier in Bewegung zum Auto. So viel zum Thema „*Hergebeten*".

Die Stimme von Dr. Mattes setzte wieder an und riss ihn aus seinen Gedanken. „Mr. Shaw. Unseren Informationen nach sind Sie Manager einer kleinen Pizzabude mit Lieferservice, wobei ihre einzige Abwechslung gelegentlich daraus resultiert, dass sie aus Personalmangel manchmal selbst die Pizza zu ihren Kunden bringen. Sie haben keinen Schulabschluss, keine Aussicht darauf, in Ihrem Leben jemals etwas Lukratives zu machen, Sie sind ungebunden, kerngesund und halten sich so gerade eben über Wasser. Sie sind weder politisch noch sonst irgendwie engagiert und verbringen Ihr Leben im Prinzip damit, für Ihr klägliches Dasein zu arbeiten und ansonsten

Videospiele zu spielen, Fernsehen zu gucken oder einfach nur vor sich hinzustarren. Ist das soweit korrekt zusammen gefasst?"

Adam blickte Dr. Mattes irritiert und getroffen an und versuchte, seine Situation erneut zu begreifen. Er wurde halbwegs entführt, saß nun in einem luxuriös eingerichteten Raum und trank Kaffee mit Männern mit extrem teuren Anzügen. Dazu musste er sich gerade sein Leben auf einen Satz hinunter gebrochen anhören – das war weder witzig, noch half es ihm bei der Suche nach dem Sinn des Ganzen. Hatte der Mann Recht? War sein Leben wirklich genauso zusammenzufassen?

„Adam!", begann Dr. Mattes erneut. „Wir bieten Ihnen hier und jetzt eine einmalige Chance, aus allem rauszukommen und Ihrem Leben einen Sinn zu geben."

Adam starrte ihn immer noch an. Er sah sich und seine Gewohnheiten aus der Vogelperspektive. Aufstehen, Badezimmer, Fahrstuhl, Arbeit, Fahrstuhl, Videospiele, Badezimmer, schlafen. Tagein, tagaus. Keine Freunde, keine Frau, kein Geld.

Der Mann hatte Recht. Trotzdem passte es ihm überhaupt nicht, dass sich irgendjemand erdreisten konnte, so mit ihm zu reden. Langsam verschwamm alles vor ihm und er versuchte, seinen Blick auf den Mann zu fokussieren. Er überlegte, was er ihm entgegnen konnte. Wie schroff er ihm antworten konnte, wie er ihm zeigen konnte, dass das alles nicht so ist. Aber der Mann hatte Recht.

Nach langem Starren und nachdem er sich geräuspert hatte, kam aus Adam ein krächzendes „Warum?" heraus. Er wollte nachsetzen und seine Frage nach dem Sinn des Ganzen hier und nach allem anderen mit Präzision nochmal stellen. Doch Dr. Mattes merkte, dass Adam anscheinend alles aufgenommen hatte und nun genau richtig auf das Gespräch eingestellt war. Er hob die Hand so, dass die Handfläche in Adams Richtung zeigte und hob den Kopf ein Stück, um ihm zu bedeuten, dass er still sein sollte.

„Wir brauchen Sie für ein Projekt, welches Ihre ganze Aufmerksamkeit benötigt und Sie Ihr Leben lang sowohl beschäftigt, als auch absichert. Sie brauchen sich um das Thema

Geld keinen Kopf mehr machen, wenn Sie unser Angebot annehmen.“, eröffnete er Adam in einem ruhigen, sachlichen Ton, während er ihn unverwandt ansah.

Adam räusperte sich erneut, aber brach seinen kläglichen Versuch ab und fügte sich letzten Endes seiner Zuhörer-Rolle. Er hatte erhebliche Schwierigkeiten, sowohl das Gesagte als auch die Tragweite dieser ganzen Situation, in der er sich seit seinem letzten Pizzastück befand, zu greifen und zu begreifen. Er schwebte geradezu neben seinem Körper und blickte fassungslos auf das Geschehen, machtlos einzugreifen und schwerelos wie ein Luftballon, den Dr. Mattes mit wilden Fußtritten vor sich her trieb, in Kauf nehmend, dass dieser jederzeit platzen könnte, aber mitunter belustigt, wie er sich unberechenbar und doch kontrollierbar durch die Luftmassen bewegte.

Dr. Mattes wusste, dass er sowohl das Gespräch, als auch Adam in seiner Hand hatte. Er schlug nun einen eindringlicheren und leicht arroganteren Ton an, der dem Zuhörer noch mehr die Möglichkeit zur Gegenwehr nahm, zumindest, wenn es sich dabei um jemanden wie sein Gegenüber handelte.

Erreichen wollte er aber das Gegenteil. Er musste ihn jetzt in die Ecke drängen, anstacheln und zur Verzweiflung treiben. Das Experiment verlangte einen rebellischen Querkopf und nicht nach jemandem, der einfach aufgibt, wenn sein Gegenüber ihn dazu auffordert.

„Sie haben jetzt und auch nach meinen Ausführungen die Möglichkeit zu gehen. Sollten Sie sich anhören, was ich zu sagen habe, müssen Sie vorher diese Verschwiegenheitserklärung unterzeichnen. Sollten Sie nach unserem Gespräch auch nur ansatzweise irgendwo erzählen, was hier stattgefunden hat, werden wir entsprechend der dort beschriebenen Details vorgehen. Sie wären ruiniert. Noch dazu würde Ihnen niemand Ihre Fantastereien abkaufen – lesen Sie sich das gerne in Ruhe durch und unterschreiben Sie sobald sie sich sicher sind."

Jetzt kehrte Adam wieder in seinen Körper zurück. Dieser Tonfall passte ihm ganz und gar nicht. Er war unsicher, verletzt, getroffen. Und empört. Und wütend. Und die gewählte Ausdrucksweise, Details und Eindrücke verschafften ihm ein wenig Oberwasser – er wurde mutig, ob der Tatsache, dass er immer mehr in eine Letzte-Strohhalm-Mentalität verfiel. „Sie schleifen mich mit Ihren Halbaffen hierher und erzählen mir dann etwas von einer *Wahl*? Ich bin mir ziemlich sicher, dass ich keine Wahl hatte.“, entgegnete er entrüstet und angriffslustig, erwacht aus seiner scheinbaren Starre.

Dr. Mattes schmunzelte. Er hatte sich bereits eingehend mit Adam beschäftigt und ein psychologisches Profil erstellt. Er war nicht im Mindesten überrascht über die verschiedenen Reaktionen und fühlte sich immer mehr bestärkt. Er wusste, er hatte genau den richtigen ausgewählt, um selbst dem letzten Zweifler zu beweisen, dass sein Mittel absolut universell einsetzbar sein würde.

Da er bei der Präsentation im Nachgang des gesamten Projektes zu vollkommen schlagkräftigen Argumenten gezwungen sein würde, beschloss er sogar, noch einen drauf zu setzen.

Damit vernachlässigte er die eigentlich obligatorische Freiwilligkeit jedes Probanden, die vorhanden sein musste, um die Wirkung nicht zu gefährden.

Er war sich sicher, je defensiver er ab jetzt agierte, desto mehr Oberwasser würde Adam gewinnen. Er würde sich selbstbewusster fühlen und sein abwehrender Wille wäre immer mehr gestärkt.

„Mr. Shaw, ich glaube gerne, dass Sie unser Auftritt ein wenig verunsichert hat. Ich musste jedoch sicherstellen, dass alle Probanden sich der Möglichkeit stellen, hier mit allen Informationen eine Entscheidung zu treffen. Ich bitte Sie uns unsere Methodik zu verzeihen. Wir brauchen Ihre wohlwollende Bereitschaft zur Teilnahme!“

„Teilnahme? Woran denn? Wohlwollen? Das können Sie sich sonst wohin schieben! Ich nehme hier an gar nichts teil!“

„Alles zu seiner Zeit. Erst unterschreiben Sie bitte! Trotz ihrer Freiwilligkeit werde ich sie wenigstens zur Verschwiegenheit zwingen!“, insistierte er und wedelte mit dem Blatt vor Adam´s Nase herum. Innerlich feierte Dr.

Mattes eine riesige Party. All seine Prognosen über den Querkopf und eigentlich auch über alle anderen Probanden hatten sich absolut bewahrheitet. Am Ende würde er gewinnen.

In dem Wissen, dass Adam diesbezüglich wohl keine andere Wahl hatte, überflog er die juristischen Papiere. Er kannte sich nicht im Mindesten aus und hatte bisher beim Unterschreiben irgendwelcher Dokumente eigentlich immer darauf gehofft, dass alles seine Richtigkeit hatte. Als er am Ende angekommen war und keine fragwürdigen Formulierungen entdeckt hatte, dachte er nach.

Was hatte diese ganze Szenerie zu bedeuten? War sein Leben wahrhaftig so erbärmlich? Ist das hier tatsächlich eine Chance für ihn? Konnte er nach der Erklärung wirklich gehen? Wenn nicht, unterschrieb er hier sein Todesurteil. Denn seiner Meinung nach sahen diese Halbaffen durchaus so aus, als würde sie hier oder irgendwo im Keller relativ schnell kurzen Prozess mit ihm machen.

Wieder einmal war er anscheinend ohne sein Zutun in einen riesen Schlamassel geraten. Das passierte ihm ständig, aber diesmal war es anders. Durch den vorgehaltenen Spiegel und die Beschreibung seines Lebens wurde ihm sehr klar, dass all seine angeblich zufälligen Schicksalsschläge doch irgendwie auch seine Schuld waren. Hätte er besser in der Schule aufgepasst und sein Leben nicht mit Videospielen und Hacken bereichert, hätte er vielleicht mehr gelernt und bessere Noten bekommen. Wo waren seine Träume? Wo waren seine Traumfrau, seine Kinder, sein Haus, seine Karriere? Er hatte nichts von seinen Kindheitsträumen erreicht. Sein Leben wurde von Konsolen und Computern bestimmt und die gelegentlichen Aufträge als Hacker hatten ihm Vorstrafen und viel Umgang mit fragwürdigen Menschen eingebracht. Jetzt bringt er anderen Leuten Essen an die Tür und seine „Management“ Aufgaben beschränken sich in die Planung von Personal wie „Zorro“, der schnellste Pizzafahrer des Westens, der eigentlich Karl hieß und Teresa, der Telefonistin nebst ihren jeweiligen Vertretungen. Er fragte sich, welche Entscheidung er normalerweise treffen würde und beschloss, es einmal genau anders zu machen.

Er unterschrieb, wenngleich sein innerer Monolog eher der verzweifelten Suche nach Hoffnung geschuldet war, als dem, was er sich vorzumachen versuchte. Jeder Strich aus dem teuren Füller fühlte sich an, als würde er direkt in seine Haut schneiden, tiefe Wunden hinterlassen, aus denen unendlich schwarzes Blut quoll. So musste es sich anfühlen, wenn man starb. Überwältigt von der eigenen Bedeutungslosigkeit, die ihm hier diskussionslos unter die Nase gerieben worden war, zog die Unterschrift mit dem Kugelschreiber das letzte bisschen Selbstachtung aus ihm heraus und hinterließ eine leere Hülle.

Mit einem unaufgeregten Nicken quittierte Dr. Mattes seine Unterschrift und nahm ihm die dicke Ledermappe weg. Er fühlte sich ein wenig wie ein Pokerspieler, der seinen Royal Flush überzeugend als „Nichts“ verkauft hatte und seinen Mitspielern die Einsätze aus den Taschen auf den Tisch gezogen hatte. Er überreichte sie dem Notar und begann alsdann, seine Ausführungen fortzusetzen, während er aufstand und am hinteren Fenster langsam auf- und abschritt.

„Wie Sie wissen, befindet sich die Menschheit an allen Ecken und Kanten auf einer ständigen Jagd nach Geld. Je mehr man davon hat, desto besser. Menschen schuften in erbärmlichen Verhältnissen auf der ganzen Welt um die gewaltige Profitgier zu befriedigen, wovon natürlich keiner dieser Arbeiter etwas hat – in einigen Teilen verkaufen sie sogar zusätzlich noch ihre Kinder an die Arbeit, damit es reicht. In anderen kippen die Zwangsarbeiter regelmäßig um, während sie für Hungerlöhne arbeiten. Auch in der zivilisierten Welt gilt ein Selbstzerstörungsprinzip. Die Menschen müssen immer mehr zahlen für Steuern und Steuern auf bereits versteuerte Ware. Und natürlich Steuern darauf. Sie sind immer weniger bereit Geld für Qualität auszugeben, weil sie einfach nichts haben. Die Industrie ködert mit billigsten Preisen und setzt dafür jegliche Qualitätsmaßstäbe bei der Fertigung weit herunter. Von Massentierhaltung oder -hinrichtung unter erbärmlichsten Umständen ganz zu schweigen. Die oberen Zehntausend kassieren weiter, während sie den Blick für das Maß des kleinen Mannes komplett verloren haben, während die Politik Kriege finanziert und gleichzeitig damit Geld verdient. Ich kann Ihnen hunderte von Missständen dieser Art aufzählen und belegen, ich denke jedoch, Sie haben meinen Standpunkt bereits erkannt.

Wir sind eine Organisation, die in einem groß angelegten Versuch beweisen wird, dass es auch ohne Geld geht.

Es existiert ein recht großzügiges Landstück, auf dem bereits mehrere Teilnehmer leben, die wie Sie die Chance haben, der Welt einen großen Dienst zu leisten. Dort werden Sie arbeiten und leben und es wird Ihnen an nichts mangeln – Sie werden beweisen, dass unsere Theorie korrekt ist. Geld existiert dort nicht, trotzdem werden all Ihre Bedürfnisse befriedigt. Sie arbeiten fortan nur noch, um sich selbst zu verwirklichen.

Um Ihre Fähigkeiten optimal einzusetzen, haben wir Sie jahrelang beobachtet. Ihnen wird eine Aufgabe gegeben, die Sie von nun an erledigen. Wenn Sie zuverlässig arbeiten, bekommen Sie alles, was Sie wollen, wenn nicht, bekommen Sie immerhin noch alles, was Sie brauchen. Wir werden beweisen, dass unsere Teilnehmer weniger Sorgen haben, produktiver sind, länger und besser arbeiten, wir setzen die Menschen aufgrund ihrer Neigungen und Befähigungen ein und nicht aufgrund von Schulnoten.

Mr. Shaw, Sie haben die einmalige Chance an etwas Großem mitzuwirken - wenn Sie einwilligen, werden Sie noch heute am Experiment teilnehmen.“

Adam starrte ihn mit weit aufgerissenen Augen an.

Wenn Menschen etwas erzählt bekommen, vollzieht das Hirn in der Regel gleichzeitig sehr viele Prüfungen. Es prüft den Inhalt des Gesprochenen, stellt bildlich dar, ist empathisch, blickt in die Vergangenheit – die Erinnerungen – und die Zukunft, also mögliche Konsequenzen anhand von bereits erlebten Erfahrungen. Man reagiert dann entsprechend sinnvoll, sobald das Gegenüber fertig ist und man die Geschichte verstanden hat.

Wenn man jedoch eine endgültige Keule serviert bekommt, die innerhalb kürzester Zeit signalisiert, dass hier irgendwas ganz und gar nicht stimmt und man schnellstmöglich verschwinden sollte, es aber nicht kann, weil man höchstwahrscheinlich festgehalten werden wird, kann es dazu führen, dass man einfach nur in eine Art Schockstarre verfällt und versucht, das Gesagte zu verarbeiten und alle Optionen durchzuarbeiten.

Schlimmstenfalls verliert man sich in Denkschleifen, weil es nur eine Lösung gibt, die man eigentlich auf gar keinen Fall will und viele andere, die eine extrem geringe Lösungswahrscheinlichkeit haben.

Adam war einfach nur leer. Er starrte den Doktor also einfach nur an, *während alles in ihm schrie.*

Das Labor – 23:05 Uhr

Als Steven seinen Kaffee trank, hörte er plötzlich, wie oben die Tür geöffnet wurde. Schon freute er sich, dass gleich das Gesicht des Professors die Treppe herunter stürzte. Dann nahm er jedoch mehrere Stimmen wahr. *Und sie klangen nicht freundlich!* Sie wiesen jemanden, anscheinend den Professor, an, die Treppen langsam und ohne faule Tricks runter zugehen.

Steven entschied sich fürs Verstecken und musste nun schnell handeln. Aber wohin sollte er gehen? In dem kleinen Labor blieben nicht wirklich viele Möglichkeiten. In Windeseile drehte er den Schlüssel der Toilette um, holte noch einmal tief Luft und stürmte hinein. Gleich rechts von der Tür des kleinen 8qm-Raumes befand sich das Waschbecken. Er öffnete geistesgegenwärtig die einzige Lüftungsmöglichkeit, ein einzelner Durchlass, der nach innen zum Labor gerichtet war, um wenigstens etwas Luft zu bekommen, und bemerkte gleichzeitig, dass er dadurch wahrscheinlich auch ganz gut verfolgen könnte, was sich drüben abspielte. Dann setzte er sich genau unter das Becken und hoffte, dass jeder, der einen Blick in diesem Raum werfen würde, glauben würde, dass er ad hoc alles wahrgenommen hätte. Viel gab es ja eigentlich nicht zu übersehen. Eine helfende Hand wäre in diesem Fall sicherlich der Gestank gewesen. Steven atmete flach und versuchte, irgendwie gegen diese unglaubliche Übelkeit anzukommen, während er draußen Stimmen hörte.

„Professor...das hier ist ihr Labor? Ich bin erschüttert! Hätten Sie mit mir weiter gearbeitet, hätten Sie in einem prunkvollen Labor geforscht, das sie sich in ihren kühnsten Träumen nicht vorstellen können.“, spottete Dr. Mattes, während er den Professor den Gang bis zu dem kleinen PC weiterschob, der bereits ausgeschaltet war.

„Wären Sie bitte so freundlich, uns alles für ihre Forschung relevante auszuhändigen? Und bitte beeilen Sie sich, ich habe nicht den ganzen

Tag Zeit.“, sagte er gelangweilt und wies seine beiden rohgewaltigen ausführenden Kräfte mit einem Blick an, den Professor dazu zu veranlassen, seinen Wünschen schnell nachzukommen.

Der Professor fügte sich seinem Schicksal und hoffte nur, dass McAllister es irgendwie geschafft hatte, sich entweder verdammt gut zu verstecken oder aber schnell irgendwie die Flucht zu ergreifen – vielleicht war er durch irgendwas gewarnt worden? Hatte er was geahnt?

Er startete den PC und bespielte den USB-Stick, den Doktor Mattes ihm gab mit den aktuellen Forschungsdaten. Wenn er irgendwie heil aus der Sache rauskommen wollte, durfte er keinen Ärger machen und musste Zeit gewinnen. Außerdem war er der Einzige, der die möglichen Konsequenzen, die der Menschheit langfristig drohten, verhindern konnte.

Er gab Dr. Mattes den Stick und wartete ab. Dieser wies seine Begleiter an, die Ratten in den dafür vorgesehenen Käfig zu laden und ebenfalls die Phiolen aus der Vitrine zu sichern. Die beiden Bodyguards hatten allerdings keinerlei Erfahrungen, wie man mit diesen Tierchen umgeht, und so stellten sie sich äußerst schlecht an. Bereits der Versuch, diese hochzunehmen, war ein einziger Krampf. Einer der Ratten war der Griff anscheinend zu beherzt und so wehrte sie sich mit einem kräftigen Biss in die Hand. „Auuu!", tönte es durch die geöffnete Lüftungsklappe und McAllister kam nicht umhin, trotz der vorherrschenden Übelkeit fiese zu grinsen. Dann hörte er einen Schuss und ein Quieken. Mit weit aufgerissenen Augen starrte er Richtung Wand, hielt sich beide Hände vor den Mund und erstickte einen Schrei im Keim. Hatte da jemand eine der Ratten erschossen? „Mistviech!", hörte er nur begleitet von einem schmatzenden Geräusch, dass durchaus einem kleinen, pelzigen Kadaver zugeschrieben werden konnte, der mit Wut in hohem Bogen durch das Labor an die Wand geworfen wurde.

„Was soll das, sind sie nicht ganz dicht? Lassen sie die Ratten in Ruhe, wissen Sie denn nicht, was hier auf dem Spiel steht? Wir brauchen jedes Forschungsmaterial, was wir kriegen können! Wenn sie nochmal so eine Aktion starten, teilen Sie das Schicksal dieser unglückseligen Ratte!", quittierte Dr. Mattes die Unfähigkeit seines Bodyguards.

„Sir? Hier muss noch jemand sein!", unterbrach eine vierte Stimme den kleinen Streit. Dieser hatte anscheinend die Kaffeetasse mit dem noch warmen Kaffee bemerkt.

„Ah ja? Dann sehen Sie überall nach!", kam der schroffe Befehlston von dem ungeduldigen Doktor Mattes. McAllister hörte Schritte, die sich seinem Versteck näherten. Kurz darauf öffnete sich die Tür. Gefolgt von einem würgenden Laut von jemandem, der anscheinend zu viel Gestank auf einmal abbekommen hatte und der sogleich hinten über kippte und mit einem lauten Geräusch gegen die Glaswand polterte.

Zufrieden grinste McAllister, sein Plan könnte funktionieren.

„Bin ich denn hier nur von Idioten umgeben? Egal, das spielt gleich keine Rolle mehr! Mein lieber Professor, ist hier noch irgendwas von Belang?", säuselte Doktor Mattes an den Professor gerichtet.

„Nein, sie haben all unsere Forschungsergebnisse eingesteckt.“, entgegnete der Professor.

„Gut, Vitali, wir gehen! Setzen Sie die ganze Bude hier in Brand. Welch zweibeinige Ratte sich hier auch immer noch versteckt haben mag, ich will, dass sie hier nicht wieder raus kommt, verstanden?“, spie der Doktor aus und zwang den Professor wieder die Treppe hoch. Vitali tat, wie ihm geheißen und machte sich sogleich ans Werk.

McAllister hörte, wie eine Flüssigkeit ein schwappendes Geräusch machte. Vor seinem geistigen Auge stellte er sich einen Benzinkanister vor und überlegte fieberhaft, wie er sich aus dieser Situation herauswinden konnte.

Dann hörte er nichts mehr, nur noch die bedrohliche Stille, die ein Streichholz macht, welches durch die Luft fliegt.

Gejagt

„*Lauf, kleines Mädchen, lauf!*" Immer wieder ging ihr dieser Spruch durch den Kopf, während sie rannte. Sie hatte ihn in ihrer Kindheit in einem Computerspiel gehört. Er war angelehnt an den großen, bösen Wolf, der ein kleines Mädchen jagte und dabei größtes Vergnügen und totale Siegesgewissheit empfand. *Lauf, kleines Mädchen, lauf!* Und das tat sie, sie floh vor dem Wolf.

Sie arbeitete sich durch die kleine Lücke im Mauerwerk, kroch durch den kleinen Graben, der ihr ewig lang vorkam und der zu dieser Jahreszeit bereits fast komplett ausgetrocknet war. Sie bemühte sich, einen klaren Blick auf die bevorstehende Hetze durch den Wald zu bewahren.

„Sir, sie ist jetzt durch das Mauerwerk durch und arbeitet sich durch den Graben." Ein Mitarbeiter der Überwachungseinheit Alpha saß in seinem Stuhl und beobachtete das Treiben des Mädchens an mehreren Überwachungsmonitoren. Er kommentierte das Geschehen für seinen Vorgesetzten.

„Warten!", kam die Antwort prompt in einem Tonfall, der keine Widerrede duldete.

Langsam aber stetig schienen die Tabletten - oder Drogen oder was auch immer sie ihr gaben - ihre Wirkung zu verlieren.

Hatte sie vor einer Viertelstunde noch mächtige Gleichgewichtsprobleme und sah alles doppelt, begleitet von Schwindel und Übelkeit, so konnte sie mit ihren Augen jetzt wenigstens einigermaßen klare Bilder fassen. Ihre geschundenen Hände beschäftigten sich mit der lehmartigen Erde, dem feuchten und porösen Mauerwerk, morschem Holz, Steinen sowie Würmern und anderem Getier, während es schien, als würde ihr Innerstes denselben Kampf führen und langsam aber sicher obsiegen.

„Sir, die Gegenmaßnahmen schlagen fast nicht mehr an. Wir können keine Auswirkungen mehr auf ihr Kreislaufsystem feststellen. Wir müssen jetzt handeln.“

„Warten Sie noch! Geben Sie mir eine Baumkamera am Rand auf den großen Monitor! Ich will sie sehen! Ich will, dass alle sie sehen!“

Sie atmete stoßweise, blieb hier und da hängen aber ihr unbändiger Trotzkopf arbeitete sich weiter und weiter. Endlich war sie durch den Graben gekrochen, sie musste nur noch ihr rechtes Bein nachziehen. Keine Sirenen, kein Hundegebell – irgendwie verfolgte sie nur eine beängstigende Stille.

„Weiter, weiter.“, trieb sie sich an.

Sie schlängelte sich durch die engen Bäume, blieb an Erdwurzeln hängen, ihre Jacke riss. Rechts, links, ins unbändige Dickicht. Wie große Schaufeln trieben sich ihre kleinen und ehemals zarten Hände in die Pflanzenteile, ganz zerschnitten und blutig. Eine weitere Welle von

Übelkeit überkam sie. Nur nicht stehen bleiben, nicht umdrehen, nicht verzweifeln.

Sie entleerte ihren Magen, während sie weiter rannte – die Hälfte ins Gebüsch, den Rest auf ihren zerrissenen, blauen Arbeitsanzug. Immer wieder wollte die Natur sie aufhalten, aber sie wehrte sich mit aller Entschlossenheit. Sie war nicht so weit gekommen, um sich von all dem jetzt stoppen zu lassen.

Irgendwo dort hinten musste irgendwas sein. Ein Boot oder eine Straße. Irgendwo dort würde sie ein Auto finden, dass sie mitnehmen würde. Ein freundlicher Mann würde sie auflesen und sie in Sicherheit bringen. Oder sie würde einfach weiterlaufen und nicht zurückblicken. Nie wieder.

„Sir, bei allem Respekt, wir verlieren sie. Was, wenn sie es schafft?"

Da! Eine Lichtung – war das die Lichtung von der Karte?

Sie schlug noch mit dem Kopf gegen einen Ast und musste einige Momente innehalten. Explosionsartig wirkten die Kopfschmerzen auf sie ein und zwangen sie kurzzeitig in die Knie. Sie war gezwungen, alle Reserven aufzubringen, um sich wieder hochdrücken und weiterlaufen zu können.

Sie drückte ein paar kräftige Pflanzen bei Seite und jaulte leise auf, als sich irgendwas tief in ihre Haut schnitt.

Dann stand sie da. Vor ihr eine Lichtung.

Sie hielt den linken Arm an die Seite gepresst, ihr Anzug war komplett zerrissen und hing mehr an ihr herunter denn sie zu kleiden. Ihr Körper war leicht nach rechts geneigt, ihr Kopf gesenkt, die Augen bemüht, geradeaus zu schauen. Wie ein Betrunkener, der das Bild nach dem einen Glas zu viel festzuhalten versucht.

Die Haare wehten leicht im Wind. Atmen.

Sie schlurfte weiter, ihr Körper war auf „Überleben" eingestellt. Nach einigen Schritten stießen ihre Füße gegen das Schienensystem.

Hier kam also immer der Zug lang, bei dem sie so häufig beim Abladen half.

Ein kurzer Erinnerungsfetzen eines herrlichen Frühlingstages durchströmte sie. Sie hatte gerade die letzte Kiste aus dem Zug geholt und sich umgedreht. Sie schaute in die flimmernde Luft und nahm die weißen Wölkchen wahr, die in ihrer Fantasie stets lustige Gebilde zeichneten, wenn man lange genug hinsah und sich darauf einließ. In Zeitlupe betrachtete sie den majestätischen großen Vogel, der erhaben über ihrem Kopf durch die Lüfte flog und den nichts als Freiheit umgab.

„Machen Sie sie fertig!“, kam die Stimme in das Headset des Beobachters.

„Sir?“

„Machen. Sie. Sie. Fertig!“

Sie hörte ein surrendes Geräusch. Etwa so, wie wenn eine Kamera den Zoom vergrößert. Sie suchte nach der Quelle, ihr Kopf zuckte schnell hin und her und ihr Augen durchstreiften die Gegend, Panik überkam sie.

Es kam ihr vor wie Zeitlupentempo. Wenige Momente später sah sie die Quelle des Geräuschs. Es war tatsächlich eine Kamera, die an einem Baum befestigt war, gut getarnt aber doch zu entdecken, wenn man sie hört. Die Kamera starrte sie unverwandt an.

Marie sah zurück.

Sie hyperventilierte.

Immer schwerer wurde ihr Atem. Langsam aber sicher realisierte sie, was das bedeutete und so verstärkte das ihre Atemnot. Er ging immer noch stoßweise, aber sie hatte alle Mühe, Sauerstoff in die Lungen zu transportieren. Das Heben des Brustkorbs wurde immer schwerer und schwerer. Immer noch in die Kamera blickend, nahmen ihre Augen den wissenden Blick an, den ein Mensch hat, wenn jegliche Hoffnung stirbt und von der Gewissheit verdrängt wird, dass das der letzte Augenblick ist.

Mit Wehmut blickte sie zurück auf ihr Leben.

Wieder sprang Sie als kleines Kind durchs riesige Weizenfeld ihres Vaters, verfolgt von Malvin, dem schwarzen Kater mit den lustigen weißen Fellflecken überall auf seinem Körper. Mit ihm unternahm sie so manches Mal wildeste Ausflüge, während er ihr stets brav folgte. Sie durften sich nicht von Vater erwischen lassen, er mochte es gar nicht, wenn Malvin schmutzig von ihren Erlebnissen ins Haus zurückkehrte und so würde er ihn zumindest temporär von dort verweisen und sie würde Stubenarrest bekommen.

Sie sah sich in der Schule mit einer riesen Schultüte bewaffnet. Vater zeigte ihr an dem Tag nochmal, wie man sich die Schuhe richtig zu bindet und entließ sie in das erste Stückchen Freiheit.

Dann sprang sie in die weiterführende Schule, ihre Uni, ihre ersten Liebschaften, Rick, der sie schlug und demütigte und schließlich Sean, der sie über alles liebte.

Die Geburt von Maren, die Geburt von Todd.

Ach Todd…diese hohe Stirn, das schrille Gackern, wenn sie ihn kitzelte. *Wird sie das Gackern wirklich nie wieder hören?*

Schließlich die Entführung während des Spazierganges am Strand. Die Flucht. Atmen. Atmen.

Stille.

Dann überkam sie ein kurzer Schauer im Nacken. Ihr Blick verlor jeglichen Ausdruck. Sie lief zum nächsten Baum, schlug ihren Kopf mit aller Gewalt dagegen, nochmal und nochmal, sie taumelte, während in ihrem Kopf ein riesiges Loch klaffte und warf sich dann ohne zu schreien über die Klippen. Es war einfach nur still.

Große Vögel fliegen hoch. Sie nicht.

Das Büro des Doktors

„Ist er soweit gut angekommen?", fragte der Doktor. Er stand am riesigen Panorama-Fenster seines Büros, von wo aus er einen überwältigenden Blick auf die gesamte Anlage hatte.

Gerne stand er dort und beobachtete das rege Treiben, welches zu einem nicht unerheblichen Teil nur ihm zu verdanken war. Einen geringen Anteil wollte er dem Professor nicht absprechen. Die Begeisterung, die sie gegenseitig weckten und immer wieder wie einen Ping-Pong-Ball hin und her warfen, die nützlichen Hinweise für die Forschung, die Mitarbeiter-Vorschläge, all das war sehr hilfreich gewesen.

Hätte der Professor geahnt, dass der Doktor zu der Zeit bereits gewisse Ambitionen zu diesem Großprojekt hier hegte, wäre er wahrscheinlich nicht so sehr darauf eingestiegen.

Sei es drum, jetzt sind sie hier, sie alle.

Der OBS1 war gerade die Treppe hochgekommen und hatte sich an der schrecklichen Sekretärin vorbei und durch die schwere, große Holztür durchgearbeitet. Er war der Beobachter. Der Geheimdienstchef, der hier alles überwachte und lediglich dem Doktor gegenüber Rechenschaft ablegen musste. Wie jeder hier trug er eine farbig gekennzeichnete Uniform. Seine war schwarz und auf der linken Brusttasche prangten die Buchstaben, die auf jeder Uniform die Zugehörigkeit und die entsprechende Ordnungszahl auswiesen. Er war der Observierer. Und es gab nur ihn.

Jetzt stand er im Rücken des Doktors. Dieser hatte ihn kommen lassen, um sich die neuesten Entwicklungen berichten zu lassen. Mit der jüngsten Weiterentwicklung der *Phase* hatte er weiteren Schwund hoffentlich ausgeschlossen. Jetzt hatte er auch die Lücke geschlossen und mit Proband 36 einen neuen und vielversprechenden Querkopf eingeschleust. Er war gespannt, was ihm nun berichtet werden würde.

„Er ist so weit. Er hat anfangs immer wieder versucht, sich zu erinnern, die Zweifel waren äußerst stark in ihm. Sie hatten Recht, er ist ein widerstandsfähiger Proband. Im Moment wacht er täglich auf und fragt sich, wo er steckt und wie er hier her gekommen ist. Er erlebt quasi jeden Tag seinen ersten Tag aber wir müssen mittlerweile immer weniger eingreifen und konnten in den letzten Tagen die Dosis weiter verringern.

Phänomenal ist, dass er sich trotzdem an alles, was er hier in den letzten Wochen getan hat erinnert. Das heißt, er versucht gleichzeitig, in seinem alten Leben zu fischen, während sein Aufenthalt hier schon voll funktioniert. Mit Einnahme der Dosis *Phase 4* ist der Angelausflug jedoch sofort beendet.

Er ist wirklich anders als die anderen. Bei den anderen wurde der Schalter einfach umgelegt, während es bei ihm hier aussieht, wie ein Wackelkontakt."

„So ist es. Wenn wir mit ihm beweisen, dass es funktioniert, werden wir seinen gesamten

Lebenslauf, ja sogar sein gesamtes Leben veröffentlichen und damit alle überzeugen. Nicht, dass wir es dann noch wirklich bräuchten...

Ich vertraue ihn Ihnen an. Sie sorgen dafür, dass ihm nicht ein Haar gekrümmt wird. Wenn irgendwas mit ihm ist, will ich es wissen, Sie kriegen Ihre Anweisungen wie immer direkt von mir! Lassen wir ihm ein wenig Freiraum und ziehen ihn dann an der Rückzug-Leine wieder in seine neue Realität."

Der OBS1 nickte, machte kehrt und wollte bereits das Büro verlassen.

„Was macht der Professor?", unterbrach der Doktor seinen Versuch.

„Sir, wir haben ihn wie angewiesen in das Haus gebracht und seinen Sohn in die Villa in Madrid. Sie dürfen einmal pro Tag videotelefonieren. Der Professor wird weitestgehend nicht wie ein Gefangener behandelt, darf sein Haus jedoch auch nicht verlassen. Ihm wird alles gestellt, was er für nötig befindet, nachdem ich seine Wünsche kontrolliert habe und nichts Verdächtiges erkennen konnte."

„Sehr gut. Sorgen Sie dafür, dass er motiviert bleibt und einen guten Zugang zu seiner

Mitarbeiterin hat. Aber beobachten Sie die beiden stets."

„Natürlich, Sir. Sir, bei unserer Ankunft wollte der Professor eine Führung durch den Komplex um die Labore zu sehen, dabei war er für ca. 10 Minuten unbeobachtet in den Laboren rund um den Kerker unterwegs. Ich habe den entsprechenden Mitarbeiter bereits einen Kopf kürzer gemacht."

„Das macht nichts. Er soll ruhig wissen, wie wir hier ausgestattet sind. Und wenn er sich den Kerker angeguckt hat, weiß er ja jetzt, was ihm droht, wenn er nicht kooperiert."

„Ja, Sir."

Er wandte sich erneut um und wollte das Büro verlassen.

„Keine weiteren Fehler mehr!"

„Ja, Sir."

PRB36 – Adam Shaw

Langsam und sachte ertönte eine leise, sanfte Stimme aus irgendwelchen Lautsprechern, während das Licht stufenlos hochgestellt wurde.

„Adam, es ist Zeit. Ich wünsche Dir einen wunderschönen, guten Morgen! Das Frühstück ist bereits serviert." Er wachte auf. Immer deutlicher nahmen seine Ohren das Gesagte wahr. Es wiederholte sich in jeweils gleichem und angenehmem Tonfall.

Er nahm den dezenten Duft von Orange und Zitrone wahr, gemischt mit Zedernholz, Rosmarin, Ylang Ylang. Vielleicht ein wenig Sandelholz, Vanille und Ebenholz. Ein herrlicher Duft.

Langsam blinzelte er der Helligkeit entgegen. Das automatisch geregelte Licht war bereits so weit hochgefahren, dass seine Augen die Umgebung erkennen konnten und mild genug, dass er beim ersten, schlaftrunkenem Öffnen keine Schmerzen bekam.

Er lag in einem bequemen Bett, angenehm groß für eine Person, ein wenig zu klein, um zwei Leute unterzubringen, würde er schätzen. Vor ihm war sich ein leichter Lamellenvorhang, dessen Lamellen einen warmen, angenehm rötlichen Ton hatten. Rechts befand sich ein Schrank. Dieser war in einem sehr dunklen Braunton gehalten. Es war dort vermutlich genug Platz, um Kleidung von einer Person für verschiedene Anlässe unterzubringen. An seinem Bett stand ein Nachttisch mit einer Lampe. Aus dieser kam anscheinend auch diese herrlich sanfte Frauenstimme, die ihn weckte.

Er stand auf und fühlte sich eigenartig. Irgendwie war ihm ein wenig übel und er hatte einen leichten Anflug von Kopfschmerzen. *Halt!* Plötzlich riss er die Augen weit auf. *Was war passiert? Warum war er hier? Wo war er eigentlichh genau?*

Er versuchte zu rekapitulieren, wie er in dieses Bett gekommen war. Mit beiden Händen massierte er seine Schläfen, während er sich noch wunderte, dass ihm an diesem Morgen gar nicht seine langen Haare ins Gesicht fielen, als er ein kurzes Kribbeln in seinem Nacken spürte und sich seine feinen Härchen aufstellten.

Seine Pupillen nahmen normale Größe an, seine Stirn glättete sich. Er verwarf seine Gedanken sofort, stapfte wie selbstverständlich zum Kleiderschrank und suchte sich seine Kleidung für den heutigen Tag heraus.

Fröhlich pfiff er irgendwelche ausgedachten Töne und begab sich ins Badezimmer, um zu duschen.

„Adam, Du arbeitest heute mit PRB16 und PRB30 im Raum B112. Eure Arbeitszeit beginnt um 9:30 Uhr - Das ist in 45 Minuten. Deine Fahrtzeit beträgt 6 Minuten. Ich habe mir erlaubt, 2 Brötchen an Deine Haustür zu bestellen. Diese werden in 2 Minuten eintreffen.

Das Wetter ist herrlich, ich empfehle Dir Sonnenschutz mit Lichtschutzfaktor 20 und den kurzen Arbeitsanzug. Ich wünsche Dir einen erfolgreichen Tag! Solltest Du die Ansage nochmal hören wollen, so teile es mir bitte mit, wie immer bin ich auch in allen anderen Fällen gerne bereit, Dir zu helfen."

Adam seufzte.

Die Computerstimme *Mara* war wirklich ein Segen. Sie begleitete ihn schon so lange er denken konnte, machte meistens perfekte Vorschläge und half ihm tatsächlich hervorragend durch den Alltag. Er nahm eine Dusche, rasierte sich sorgfältig, pflegte seine Glatze und cremte diese mit Sonnencreme ein. Danach versorgte er wie selbstverständlich seine Wunde am Nacken mit einem neuen Pflaster und holte seine Frühstücksbrötchen von der Haustür. Er setzte sich an den Frühstückstisch und schmierte seine Brötchen mit cremiger Erdbeermarmelade. Dazu bereitete der Eierkocher ihm zwei hartgekochte Eier.

Er trank den Tee aus dem Wasserkocher, während er seine eben zu sich genommene Nahrung von *Mara* notieren ließ. Als es Zeit wurde, machte er sich auf den Weg zur Arbeit. Seine Kopfschmerzen und seine Übelkeit waren wie weggeblasen und draußen wartete wirklich ein herrlicher Tag auf ihn.

Sein schwarzes Fahrrad hatte er gestern nach der Arbeit erst geputzt, so dass es in der Sonne glänzte. Auch ein Teil seiner Nachbarn musste dies wohl am selben Tag erledigt haben, denn bis auf seine Bezeichnung PRB36 unterschied sich das Fahrrad nicht von den anderen. Nach ziemlich genau 6 Minuten war er da.

Obwohl die Gebäude alle nahezu identisch aussahen, kannte er sich hier bestens aus. Sie waren in einem matten Grau gehalten und umringt von haargenau denselben Rasenstücken, penibel genau gemäht auf einheitliche Länge. Dafür waren Mähroboter zuständig, die fast täglich ihre Runden zogen und sich nach getaner Arbeit wieder in ihre kleinen Aufladestationen zurückzogen.

Er parkte sein Fahrrad in der dafür vorgesehenen Parkbucht und begab sich zum Eingang, zog seine Karte und steckte sie in den entsprechend angelegt Schlitz.

Lautlos glitt die Tür auf, die freundliche Stimme, die er morgens so gerne hörte, begrüßte ihn auch hier und teilte ihm den heutigen Arbeitsplatz zu. Auch die anderen beiden Mitarbeiter trafen gerade ein, sie grüßten sich still mit einem Kopfnicken und gelangten zum Raum B112.

Dort nahmen sie Platz, schalteten ihre Computer ein und lasen ihren Arbeitsauftrag. In diesem hieß es, dass sie heute für die Kontrolle der Lebenshaltungsalgorithmen zuständig waren.

Adam sah auf seinem Bildschirm eine kleine Karte der Anlage, auf dem die meisten Häuser grün markiert waren, einige wenige gelb und zwei rot. Als er mit dem Mauszeiger drüber fuhr, wurde das rote Haus CHM12 hervorgehoben. Er klickte drauf und sah eine Übersicht von Schlagworten: Lebensmittel, Verbrauchsmaterialien, Hygiene, Strom, Wasser. Auch diese Begriffe waren klickbar, so dass er sich den ersten davon ansah.

Hier waren gelb eingefärbte Nahrungsmittel zu sehen. Aufback-Brötchen, Brot, vegetarischer Wurst-Ersatz, Marmeladen, Butter, Käse, Milch, Tee. Daneben waren eine Nährstoffskala und das heutige Tagespensum vermerkt. Weiter unten die zu erwartende Nährstoffzufuhr durch das Mittagessen sowie zwei übliche Abendbrot-Szenarien. Die Nährstoff-Skala war grün eingefärbt.

Da es hier nach dem ersten Überfliegen nichts weiter zu sehen gab, blätterte Adam eine Seite zurück und klickte den rot markierten Strom-Verbrauch an. Hier war an der oberen Kante des Bildschirms ein Durchschnittszeichen mit 2000 kWh angezeigt. Im unteren Abschnitt sah man, dass in den Monaten Januar – Mai jeweils zwischen 142 und 156 kWh verbraucht wurden, der Bedarf im Juni bereits deutlich über 200 kWh lag. Im jetzigen Juli war schon eine Prognose zu sehen, die den Juni im Verbrauch sogar noch übertraf. Im unteren Dialogsystem sah man den Berechnungsalgorithmus sowie plausible zu prüfende Abweichungen und Hinweise, ferner eine Liste aller bekannten Stromabnehmer mit den entsprechenden Mengen. Auch hier konnte man die Stromverbraucher einzeln anwählen und die Verbräuche der vergangenen Zyklen analysieren. Die Kaffeemaschine nahm hier im Vergleich zur letzten Zeit mehr Strom auf.

Adam prüfte nochmal die Lebensmittelverbräuche und stellte fest, dass auch die Menge des Kaffeepulvers erhöht war. Er sollte lediglich feststellen, ob der Algorithmus angepasst werden musste und war nicht für die Folgen des Konsums oder dergleichen zuständig, also wählte er aus dem Dialogbereich „Konsumerhöhung“ aus und schrieb dazu kurz:

Durch einen angestiegenen Kaffeeverbrauch hat sich sowohl die Strom- als auch die Kaffeemenge erhöht, Algorithmus muss nicht angepasst werden.

Er drückte auf Senden und wollte sich um den nächsten Fall kümmern, doch bevor er das tun konnte, ertönte die Büroklingel und die Videokamera sprang an.

Ein Lieferant betrat das Büro und brachte ein in Plastik eingeschweißtes Computerbauteil, welches er PRB30 reichte. Er hatte eine Mütze und Sonnenbrille auf, die er kurz ein Stück weit nach unten schob. Während er das tat, blickte er Adam an, ein wenig zu lange um als normal durchzugehen, und schenkte ihm ein kleines fast unmerkliches Lächeln.

Er hatte sich getäuscht. Es war eine Frau. Unter dem viel zu weit geschnittenen Lieferantenanzug konnte man sehr vage weibliche Formen vermuten.

Ob sie attraktiv war, konnte er daher nicht sagen aber ihre Augen und dieses verschmitzte kleine Lächeln ließ ihn nicht mehr los.

Auf dem Weg nach Hause dachte er an sie aber seine Kopfschmerzen flammten wieder ein wenig auf.

Am nächsten Tag ging er wieder zur Arbeit. Er war diesmal im Außenareal B3 eingeteilt, ein ca. 10 Hektar großes Feld, welches in dieser Saison mit Mais besäht werden sollte.

Er ging zunächst in die Lagerhalle des Außenareals, verschaffte sich mit Hilfe seines Ausweises Zugang zum Trecker, startete den Motor und koppelte den Pflug an.

Er fuhr zum Anfang des Feldes und überprüfte die GPS-Daten anhand einer Liste, die im Ablagefach des Treckers bereit lag. Als er keine Fehler feststellen konnte, begann er mit der Arbeit.

Während er über das Feld fuhr, merkte er wieder diese leise Stimme in seinem Kopf, die ihn kurz fragte, woher er eigentlich weiß, wie man Trecker fährt.

Er verwarf den Gedanken sofort und pflügte seine Bahnen.

Immer wieder dachte er an die Frau von gestern und wie er sie bloß wiedersehen konnte. Sie waren ja ständig wechselnden Aufgaben zugeteilt, die Chance, jemanden durch tägliche Routinen wiederzusehen, war also eher gering. Und je mehr er darüber nachdachte, desto schwerer verfestigten sich auch die Kopfschmerzen in seinem Schädel.

Mehr und mehr bestimmte dieser pochende Schmerz, der sich manschettenartig um seine Stirn schloss, sein Denken und verdrängte sowohl das Bild von der Frau, als auch dieses kurze, verschmitzte Lächeln auf ihren Lippen. Ihre leichten Grübchen, die angedeuteten Lachfältchen, die ihre Augen umspielten, und der forsche und gleichzeitig kecke Blick – das alles hatte wahrscheinlich nur er bemerkt.

Je weniger er an sie dachte, desto besser wurde es auch mit seinem Kopf.

Durch die GPS-Steuerung geschah die Treckerfahrt eigentlich fast komplett automatisch.

Er ließ also seine Blicke schweifen und studierte seine Umgebung.

Sein Feld war schon groß, doch auch die beiden rechts und links angrenzenden Areale, welche nur durch einen kleinen Weg voneinander getrennt waren, waren mindestens genau so groß. Auch hier fuhren heute Trecker, die weiteres Saatgut ausbrachten.

Nach vorne sah er nur eine riesige Böschung und eine große, graue Mauer.

Es kribbelte in seinem Nacken.

Beim näheren Betrachten fiel ihm jedoch auf, dass es gar keine Mauer war, sondern dass er weit und breit nichts als Felder sehen konnte.

Laut dem Kartenmaterial, was er bei seinen verschiedenen Arbeitsstationen im Laufe der Zeit gesichtet hatte, wusste er, dass hinter der Böschung ein kleines Waldgebiet kam und dann irgendwann nur noch Grenzen eingezeichnet waren. Was dahinter lag, konnte er nur raten.

Plötzlich verabschiedete sich eine Radkappe von dem Reifen vorne rechts, als er den Traktor gerade für die nächste Bahn wenden wollte. Er sah gerade noch, wie die Kappe rollender Weise Richtung Böschung verschwand.

Aus Angst, jemand könnte auf die Idee kommen, dass er das Fahrzeug beschädigt hatte, beschloss er hinterherzugehen um sie wieder einzusammeln und fest zu montieren. Als er gerade seinen ersten Fuß auf die Erde gesetzt hatte, überkam ihn ein komisches Gefühl.

Ihm wurde leicht übel und hinter seiner Stirn machte sich abermals der bekannte Kopfschmerz breit. Er ignorierte das Gefühl und stapfte Richtung Böschung. Doch je näher er kam, desto mehr breitete sich dieses schlechte Gefühl aus. Schon war er in greifbarer Nähe zu den Sträuchern, hinter denen sich die Radkappe befinden musste, doch sein Magen krampfte so sehr, dass er sich krümmte. Sein Kopf drohte zu explodieren. Alle Funktionen seines Körpers signalisierten irgendwie gleichzeitig, dass das alles hier überhaupt keine gute Idee zu sein schien. Sein Nacken wurde steif und fühlte sich an, als hätte er sich mehrere Nerven auf einmal eingeklemmt. Er entschied, dass er schnell Hilfe benötigte, und machte kehrt.

Scheiß auf die blöde Radkappe, lieber so schnell wie möglich in den Trecker und zurück.

Doch als er sich umdrehte und sich ein paar Schritte Richtung Fahrzeug schleppte, wurde es irgendwie besser. Sein Magen krampfte deutlich weniger, seine Kopfschmerzen verschwanden fast gänzlich. Kaum nahm er die Stufen zu seiner Fahrerkabine, waren alle Beschwerden zeitgleich verschwunden. Er nahm Platz, schlug die Tür zu und versuchte, sich erstmal zu berappeln. *Tief atmen, ein… aus… ein… aus….*

Er überlegte fieberhaft. Was war das hier gerade?

Vor einigen Sekunden hatte er fast geglaubt, er würde jetzt endgültig den Löffel abgeben. In dem einen Moment, stand der Tod noch höchstpersönlich vor ihm und war bereit, ihm mit der Schippe ordentlich eins überzuziehen, im anderen saß er hier und merkte nichts mehr von auch nur irgendeinem Schmerz.

Viel mehr noch. Er fühlte sich großartig. Wenn er es nicht besser gewusst hätte, er könnte schwören, dass er dazu in der Lage war, den Pflug ohne Trecker zu ziehen.

Ausgelöst von Endorphinen, machte sich enorme Heiterkeit in ihm breit und so lachte er laut auf und schien ihn die ganze Welt gerade zu umarmen. Er war glücklich.

Dann beruhigte er sich langsam, wendete den Trecker mitsamt Pflug und zog seine Bahnen. Die Radkappe hatte er bis zum Ende des Feldes vollends vergessen.

Als er mit dem Trecker zurück in die Halle kam, wartete dort schon ein Mechaniker zur Abnahme. Er stieg aus und nickte diesem kurz zu, dann machte er sich auf den Weg nach Hause.

Der Mechaniker blickte ihn leicht verborgen von der tief ins Gesicht gezogenen Mütze einfach nur an. Unter seiner roten, leicht unordentlichen Uniform war ein grauer Rand zu erkennen. Schließlich zog er seine Liste der zu prüfenden Wartungspositionen aus seiner Umhängetasche und startete mit den nötigen Routinen. Die zu erneuernde Radkappe hatte er bereits mitgebracht, doch er ließ sie erst mal stehen und schwang sich in die Fahrerkabine.

Überwachungseinrichtung Alpha

Die Überwachungseinrichtung Alpha bestand aus einem ungefähr 40qm großen Raum, dessen Einrichtung wie eine Schulklasse angelegt war. Man gelangte von hinten in den Raum und sah vor sich diverse Tischreihen mit mehreren Monitoren bestückt.

Es waren zehn Reihen auf jeder Seite mit jeweils zwanzig Bildschirmen. Ganz vorne im Raum befand sich ein riesiger Plasmabildschirm, der momentan ausgeschaltet war. Vor jedem Monitor war ein Tastatur-ähnliches Instrument mit unzähligen Knöpfen angebracht, welche von jeweils einem Mitarbeiter in grauen Dienstuniformen bedient wurden.

Darüber hinaus schlich in jeder dieser Reihen ein grün gekleideter Mitarbeiter auf und ab und beobachtete das Treiben. Hier und da gaben diese leise Anweisungen an die sitzenden

Kräfte, die daraufhin Knöpfe drückten, drehten oder Regler schoben und gelegentlich in ein Schwanenhals-Mikrofon sprachen.

Neben der Eingangstür befand sich eine verspiegelte Scheibe, hinter der der OBS1 saß. Er hatte einen schwarzen Arbeitsanzug, schwere Stiefel und trug eine Waffe. An seinem Haaransatz war bereits alles grau geworden, seine Züge waren kantig und spitz, seine Augen lagen tief in den Höhlen und funkelten bedrohlich unter der hohen Stirn.

Er beobachtete das Treiben gelangweilt, hatte die Füße hochgelegt und überlegte gerade, sich einen Kaffee organisieren zu lassen.

Die letzten Tage waren unspektakulär. Alle 200 Probanden schoben Dienst nach Vorschrift. Die Chemikalien der *Phase 4* wirkten hervorragend und es schien, als würden sie hier nur noch ihre Zeit absitzen, bis schlussendlich *Phase 5* kam. Eine stabile *Phase 5* würde bewirken, dass das Projekt endlich abgeschlossen war und er nach Hause konnte.

Von seinem Anteil würde er sich eine große Insel kaufen oder so ähnlich, irgendwo abseits des ganzen Treibens, und dort den Rest seiner Tage genießen, während die Welt wahrscheinlich in irgendwas wie einer Neuen Weltordnung aufgehen würde.

Genau hatte er das Ganze nie verstanden und auch nicht weiter drüber nachgedacht. Aber er hatte seine Aufgabe kapiert und führte diese mit einem Führungsstil aus, die den verständnisvollen und ruhigen Chef zeigte, der sich aber von jetzt auf gleich in den erbarmungslosen Sadisten verwandeln konnte, der er nun mal war.

Lange dauerte es nicht mehr. Er würde sich noch ein Mädchen schnappen und mitnehmen auf seine Reise. Dann ginge ihn das Ganze hier schließlich auch nichts mehr an. Nachdem er gedankenverloren auf die Mattscheiben starrte und dabei mit dem Bootschlüssel spielte, den er stets an einer Kette um den Hals trug, nahm er ein Gespräch zwischen einem der Vorarbeiter und einem Mitarbeiter in Reihe 3 wahr. Er beschloss, sich ein wenig Abwechslung zu genehmigen und das Ruder an sich zu reißen.

Er schaltete den Monitor des Angestellten auf den großen vorne, ging durch die Tür und nahm aus der Entfernung wahr, dass es sich hier um den Neuzugang Adam Shaw handeln musste, um den es hier ging. Dann schlüpfte er in seine Rolle.

„Wie hat sich unser neuestes Mitglied bisher gemacht?“, säuselte er kumpelhaft in die Ohren des Mitarbeiters und ignorierte den Vorarbeiter, der sich bevormundet fühlte und in den Hintergrund stellte.

„Sir, wir konnten bisher morgens die typischen Zeichen von Neuankömmlingen beobachten. Laut den Hirnstrommessungen und dem durch seine körperlichen Reaktionen gewonnenen Gesamteindruck hat PRB36 wahrscheinlich versucht, sich zu erinnern, wie er dort hingekommen ist. Wir haben entsprechend gegen gesteuert und den Wunsch blockiert. Er hat dann im Badezimmer brav sein Phase 4 geschluckt und ist ab dem Zeitpunkt in normale Handlungsmuster gewechselt. Die investierte Energie für die Erinnerungsversuche ist abnehmend.“, antwortete der Mitarbeiter stolz. Auf seiner Uniform war die Bezeichnung MON36 eingenäht.

„Ausgezeichnet. Gute Arbeit!“, lobte er ihn bestätigend, während er überlegte, ob die Worte wirklich so falsch klangen, wie sie sich in seinem Kopf anhörten oder ob er auch schauspielerisch genug auf dem Kasten hatte, um hier meistens den Netten zu spielen.

„Sir, da ist noch etwas.“, schob MON36 vorsichtig hinterher.

Ihm war klar, dass er nur beobachten konnte, aber nicht umsonst wurden in der Vergangenheit die Boten schlechter Nachrichten gefoltert. Selten hatten große Anführer auf die Untergebenen gehört, die es wagten, sich dazwischen zu stellen und zu fordern, man sollte doch nicht den Boten bestrafen, sondern den Verursacher.

Ihm war auch klar, dass nur ein schmaler Grat zwischen aufgesetzter Nettigkeit und erbarmungslosem Jähzorn bei seinem Chef an der Tagesordnung war. „Sprechen Sie!“, knurrte der OBS1.

„Sir, er zeigt minimale Anzeichen von romantischen Gefühlen. Wir mussten bereits mehrfach leicht bis mittelschwer eingreifen. Wir können uns das nicht erklären. Laut seiner

Akte hatte er lange Jahre keine Beziehung, wurde nicht in einer gemischten Wohneinheit untergebracht und hat auch sonst keinen wie auch immer gearteten Kontakt zu Frauen. Darauf haben wir wie immer in der ersten Phase der Eingliederung sehr genau geachtet."

Er überlegte, ob auch die anderen zu ihm rüber guckten und ob diese den leichten Schweißfilm auf seiner Stirn wahrnahmen. Er jedenfalls drohte vor Hitze zu zerfließen.

„Kontrollieren Sie alle Zeitpunkte, an denen die Werte gemessen wurden und sichten sie das Kamera-Material. Danach erwarte ich einen vollständigen Bericht und dass sie das Problem in den Griff bekommen haben."

Er sah sein Boot davon schwimmen und flammte innerlich vor Wut auf, wandte sich zum Gehen. Ein weiterer Kommentar hielt ihn jedoch davon ab.

„Das haben wir getan, Sir, er hatte lediglich Kontakt zu PRB16 und PRB30, beides Männer und ein Lieferant, PRB64, war kurz in seiner Arbeitsstätte und hat dort ein auszuwechselndes Computerteil abgegeben, ordnungsgemäß angefordert von PRB30. Laut den Computermesswerten ist der Defekt bestätigt."

MON36 beschwichtigte sich erneut selber, dass er alle nötigen Maßnahmen eingeleitet und alle Eventualitäten gecheckt hatte. Er hatte sich wirklich nichts vorzuwerfen und hoffte, das würde sein Chef auch so sehen.

„Donnerwetter, Sie haben ja wirklich alles gecheckt." Diesmal musste er wirklich zugestehen, dass sein Mitarbeiter die Situation im Griff hatte und schaltete einen Gang runter. „Ich mag meinen Job, Sir!"

„Ok, vielleicht hat er ja ein Auge auf Mara geworfen. Oder er ist vom anderen Ufer. Prüfen Sie das, also ich meine seine Sexualität, und wenn es das nicht ist, schreiben Sie einen Hinweis an die *Chems*, die sollen mögliche Nebenwirkungen prüfen."

Na klar, die *Chems* waren verantwortlich. Er musste jetzt dafür sorgen, dass diese alle Informationen bekamen, damit aus seinen Zukunftsträumen keine Schäume wurden,

„Das mit der Sexualität habe ich bereits geprüft, Sir. Es gibt hierzu in seiner Vergangenheit keine Hinweise, seine vergangenen Liebschaften waren alles Frauen. Ich schreibe den Hinweis und erstatte Ihnen Bericht.“, bestätigte MON36.

„Gut, weitermachen.“ Er wendete sich erneut zum Gehen.

„Nein Sir, da ist noch etwas!“ MON36 verfiel wieder in seine unglücklich zusammengeschrumpfte Haltung.

„Was denn nun noch?“ „Sir, wir mussten heute extrem gegensteuern, als er eine verloren gegangene Radkappe wiederbeschaffen wollte, die Richtung Zone 1 gerollt war. Wir mussten ihn fast komplett mit allem bombardieren, was wir haben – er ist sehr widerstandsfähig. Ich habe so etwas noch nicht gesehen. Wir haben einen unserer Mitarbeiter als Mechaniker verkleidet dorthin geschickt, um sich vor Ort ein Bild zu machen und Proben von Schweiß oder ähnlichem zu sichern. Vielleicht gibt das Aufschluss über die Wirkung der *Phase.*“

„Vielleicht haben Sie Recht. Das ist eine hervorragende Möglichkeit, die Forschungsergebnisse zu verbessern. Melden Sie diese Zähigkeit auch an die *Chems* und schlagen Sie eine vorsorgliche temporäre Erhöhung der

Dosis *Phase 4* vor, sollte die Probe das belegen.“

Er war vorgewarnt. Dieser Adam Shaw würde Probleme machen. Nicht umsonst hatte der Dr. ihn in der letzten Audienz mit der obersten Verantwortung über ihn betraut. Er ist ein Querkopf, den man mit Absicht ins System implementiert hatte, um mehr Realismus und Beweiskraft aufzubauen. Man wollte beweisen, wie wirksam das Mittel ist, eventuelle Verbesserungen der Formel daraus zu ziehen und damit auch den letzten Zweifler verstummen zu lassen.

Er beschloss, seinem Titel Beobachter alle Ehre zu machen und seine Bemühungen bezüglich des Verhaltens von Adam Shaw zu verstärken. Das Ganze würde zwar kein Problem werden, dachte er, aber falls doch, könnte er als Geheimdienstler hervorragend gegensteuern.

Jetzt musste er nur noch ein wenig Dampf ablassen und so brüllte er den Vorarbeiter an, der immer noch in seinem Rücken stand und den er in seiner harschen Drehung fast gegen die Wand geschubst hätte. „Und das haben sie nicht alleine hinbekommen? Gehen Sie mir aus den Augen und machen Sie endlich mal ihren Job! Und jetzt besorgen sie mir Kaffee!“, blies er ihn an und verschwand hinter seiner Spiegelscheibe.

Er fühlte sich besser und träumte wieder von seinem Boot.

Der Heimweg

Auf dem Weg nach Hause ließ Adam seine Blicke schweifen. Er betrachtete die Häuser rechts und links und fuhr die mit blauen LED-Pfeilen angezeigte Fahrtroute auf seinem Fahrrad-Navigationsgerät ab, sein Wegweiser nach Hause.

Im Prinzip war hier alles gleich aufgebaut. Neben Gebäuden, die rein für die Arbeit bestimmt waren, gab es immer wieder einzelne Wohnblock-Einheiten. Alles sah gleich aus und war nach den gleichen Mustern gekennzeichnet.

Er spürte wieder dieses eigenartige Kribbeln im Nacken und beschloss, am nächsten Tag deswegen bei einem Arzt vorstellig zu werden.

Blauer Pfeil, blauer Pfeil, blauer Pfeil. Rot. Rot?

Was machte ein roter Pfeil hier? Er hielt sofort an und stieg ab. Plötzlich, ohne jegliche Vorwarnung, stürzte irgendwas auf ihn herab und wickelte sich um und über seinen Kopf. Er war blind, schlug reflexartig um sich, dann spürte er einen Stich, ihm wurde schwarz vor Augen und er schlief ein.

Als er aufwachte, nahm er zunächst nur wahr, dass er weiterhin nichts sehen konnte. Seine Arme konnte er nicht bewegen und mit den Beinen konnte er auch nicht strampeln oder sonst irgendwas tun. Irgendwas metallisch Kaltes schloss sich um seine Gelenke und verhinderte jegliche Bewegung.

Seiner Erinnerung zur Folge, war die Abfolge der Ereignisse vor diesem Zustand nur: *Blauer Pfeil, Roter Pfeil, Dunkelheit, Schwarz.*

Da er etwas Weiches im Nacken fühlte, wähnte er sich auf einem Kissen in waagerechter Position. Auch der Rest unter ihm schien weich zu sein. *Vielleicht ein Bett?* Da er sich eher schlecht bewegen konnte, versuchte er, in die Dunkelheit hineinzuhorchen.

Er hörte nichts, nur das Blut, welches durch seine Ohren rauschte. Er wollte schreien, aber er brachte nur ein Flüstern raus. Seine Kehle schien ausgetrocknet zu sein, ebenso seine Zunge – was gäbe er jetzt für einen Schluck Wasser.

Dann hörte er ein Geräusch, als schiebe jemand eine Tür zur Seite.

Es klang so ähnlich wie bei ihm zu Hause. Dann schob sich eine Hand unter seine Kapuze und drückte sanft aber bestimmt auf seinen Mund.

Er hörte ein leises „Shhhh..." und antwortete mit einem bemüht lauten „MMMMHHHHH." Er bekam Panik und versuchte, gleichzeitig zu zappeln, zu schreien und sich so zu befreien oder irgendjemand Weiteres auf ihn und seine Situation aufmerksam zu machen.

Doch da war nichts. Und es kam auch niemand.

Nur diese Hand. Eine weiche, eher kleine Hand. *Eine Frauenhand?*

Dann sprach eine Frau. „Adam? Sie heißen doch Adam? Shhhh…bitte beruhigen Sie sich.

Ihnen wird nichts passieren, Sie müssen mir glauben und Sie müssen sich beruhigen. Mein Name ist Karen…wir haben nicht viel Zeit, vielleicht maximal 15 Minuten, dann müssen Sie wieder auf dem Weg nach Hause sein. Hören Sie mich?“, sie machte eine kurze Pause.

Adam wagte nicht, zu atmen, rasend schnell sprangen seine Gedanken wie eine Flipperkugel in seinem Hirn hin und her und er konnte sie einfach nicht festhalten und irgendwas davon zu Ende denken.

„Bitte, ich muss mich absolut darauf verlassen können, dass Sie ruhig bleiben und nicht schreien! Ich kann Ihnen wieder in Ihr altes Leben verhelfen!“ *Was? Welches alte Leben? Was redet sie da?* Adam beschloss, mit dem Zappeln aufzuhören, und zwang sich, ruhiger zu atmen. *Wie meint sie das?*

Nachdem Adam ruhiger geworden war und normal atmete, löste sie die Hand langsam von seinem Mund und nahm ihm allmählich die Kapuze vom Kopf. Sie beugte sich über ihn und legte den Finger auf ihre Lippen.

Sie war es! Sie, die Frau, die vor kurzem in dem Büro war. Die ihm den ganzen Tag nicht mehr aus dem Kopf ging. Sie beugte sich zu ihm herunter und begann leise in sein Ohr zu flüstern, während sie seine Fesseln löste. „Hör mir zu und bleib am besten erst mal liegen – Dein Kreislauf würde Bewegungen jetzt gerade gar nicht gut finden. Sag jetzt nichts. Die kurze Fassung: *Das hier ist nicht Dein richtiges Leben!* Du wurdest von der Regierung zu einem Test gezwungen bei dem Du das Versuchskaninchen bist und Deine Gesundheit und Dein gesamtes Mensch-Sein in Gefahr ist. Genau wie ich – Du bist meine einzige Hoffnung. Da wir keine Zeit haben, riskiere ich jetzt hier mein Leben, wenn ich Dir die Wahrheit sage, denn wenn Du mich meldest, werden Sie mich töten…Dich allerdings auch. Wenn Du mir glaubst, werde ich Dich bald zu einem sicheren Ort bringen und Dir die lange Version erzählen. Ich kann es beweisen!"

Diese Sätze dauerten kaum 30 Sekunden, aber Adam starrte sie nur mit weit aufgerissenen Augen an.

Von allen Szenarien, in denen er sich bis zum Beginn der Kopfschmerzen ein Wiedersehen mit ihr vorstellte, war das hier wohl das unvorstellbarste. Jetzt starrte sie ihn an mit diesen weichen Lippen, tiefen blauen Augen, bei denen er glaubte, er könne ihr bis in ihre Seele sehen und dort nichts finden außer die tiefe Wahrheit. Ihre blonden Haare fielen lang über ihre Schultern und verströmten einen unwiderstehlichen Eigenduft.

Nachdem er sie einige Sekunden anstarrte und musterte, begann sie wieder zu sprechen. „Ich weiß, das klingt jetzt alles wirklich merkwürdig aber ich kann es Dir beweisen! Und ich erzähle Dir wirklich alles an einem sicheren Ort. Du musst jetzt nicht sprechen und Du kannst in Ruhe drüber nachdenken. Das Mittel, was ich Dir gegeben habe, blockiert das Mittel des Militärs und wirkt nur noch ein paar Minuten. Ich werde Dich jetzt losbinden und Dich zu Deinem Fahrrad bringen. Deine Heimstrecke führt direkt an meinem Haus vorbei. Denk in Ruhe hier drüber nach:

1. Du fragst Dich manchmal, wieso Du manche Dinge einfach kannst, obwohl Du Dich nicht erinnern kannst, wie du sie gelernt hast.

2. Du hörst manchmal eine innere Stimme, die Fragen aufwirft aber Du kannst sie weder greifen, noch ihr direkt zuhören, denn Du verdrängst sie sofort wieder.

3. Manchmal bekommst Du aus unerfindlichen Gründen Schmerzen – leichte bis schwere – die genauso schnell wieder verschwinden können, wie sie gekommen sind.

4. Sehr oft spürst Du ein Kribbeln im Nacken.

Denk darüber nach. Wenn Du mir glaubst, merke Dir K-16/13 und Alpha94332!

Triff mich dort in genau einer Woche um Mitternacht, Du wirst es finden – dann erkläre ich Dir alles. Noch bevor Du die Augen öffnest, musst Du dieses Mittel hier schlucken. Mit dessen Hilfe kannst Du relativ sicher eigenständig denken."

Sie drückte ihm eine kleine Dose mit drei Pillen in die Hand. Ein roter Fluss voll Nasenbluten bahnte sich seinen Weg aus seinem rechten Nasenloch.

„Du musst jetzt los! Sofort! Wir haben keine Zeit mehr, die Wirkung verfliegt. Glaub mir, wir können uns und viele andere retten, wenn Du mir nicht glaubst, sind wir alle verloren."

Mit diesen Worten half sie ihm beim Aufrichten und stützte ihn, während er aufstand. Sein Kreislauf machte sich bemerkbar. Er sah überall dieses Flimmern vor seinen Augen. Sie führte ihn zur Tür und hielt nochmal seinen Kopf zwischen ihren Händen fest. „K-16/13! Alpha94332! Ich kann Dich nicht zu Deinem Fahrrad führen. Da vorne steht es. Geh hin, steig auf und fahr nach Hause. Schlaf, denk nach und verlebe die Woche ganz normal. In dieser Tablettendose sind 3 kleine Dosen, mehr konnte ich nicht herstellen. Vor jeder Aktion, die nicht eventuell Deine normalen Körperreaktionen stark beeinflusst, musst Du eine dieser Pillen nehmen. Nach etwa 5 Minuten sollten sie wirken aber länger als 15 Minuten wohl kaum. Dazu wirst Du wahrscheinlich wieder Nasenbluten bekommen. Lass Dir nichts anmerken und nutze sie weise!“

Mit diesen Worten schloss sie die Tür.

Nun stand er da und fühlte sich, als sei er gerade von einem kompletten Zug mit mehreren Waggons überrollt worden. Irgendwie war das Gefühl nicht das erste Mal da aber er konnte sich beim besten Willen nicht an eine ähnliche Situation erinnern. Er mühte sich zu seinem Fahrrad, stieg auf und fuhr nach Hause.

Der Plan

Die Woche verlebte er ohne weitere Zwischenfälle. Er stand morgens auf, begab sich zu seiner zugeteilten Arbeit und verrichtete diese, dann fuhr er nach Hause. Seine einzige Sorge war, dass er von Tag zu Tag immer mehr sah, wie ihm die Felle davon schwammen. Er hatte nicht die leiseste Ahnung, wie er das Rätsel lösen konnte und zu dem Ort gelangen sollte, an dem Karen sich mit ihm treffen wollte.

Erst an seinem vierten Tag nach dieser merkwürdigen Begegnung mit Karen hatte er eine Idee, wie er die kryptischen Hinweise von ihr entschlüsseln konnte.

Er war an dem Tag im Wasserwerk tätig und seine Aufgabe bestand abermals darin, den Verbrauch des Netzwerkes zu kontrollieren, eventuelle Schwachstellen oder Mehrverbräuche festzustellen und damit die Versorgung aller Haushalte sicherzustellen. Da er an diesem Tag Zugang zum Kontrollraum des Wasserwerkes hatte, konnte er auch einen Blick auf die Karte dort werfen, auf der alle Gebäude eingezeichnet waren, die mit Wasser versorgt werden mussten. Und das musste eigentlich jedes Gebäude sein, der kryptische K-16/13-Hinweis von Karen war also mit ziemlich hoher Wahrscheinlichkeit auf diesem Plan zu finden. Das ließ ihn endlich wieder hoffen.

Doch er musste sich zusammen reißen. Er hatte die Worte von Karen noch deutlich im Ohr. Er musste versuchen, absolut ruhig zu bleiben, das hatte sie ihm nachdrücklich eingebläut. Am besten sollte er Karen als seine Vorgesetzte betrachten, die ihm einen unmissverständlichen Arbeitsauftrag erteilt hatte, nämlich den, festzustellen, wo das besagte Gebäude war und wie man dort am besten hinkam.

Er dachte an ihre Worte und stellte fest, dass er mit Hilfe dieser Brücke tatsächlich in der Lage war, ruhig zu bleiben.

Er nahm eine der Pillen von Karen und wartete 5 Minuten. Irgendwie fühlte er nach diesen 5 Minuten, dass in seinem Kopf ein kleiner Kampf zwischen dem Mittel und dessen Wirkung und der Dosis von Karen in Gang gesetzt wurde und so wähnte er sich erstmal sicher. Für die eventuellen Kopfschmerzen und das Nasenbluten hatte er sich zwar ein Taschentuch eingepackt aber da er an diesem Arbeitstag alleine arbeitete, musste er bis auf die Kameras nichts befürchten.

Die Stadt war Block-förmig aufgebaut. Es gab ein riesiges Gebäude, was in der Karte im Süden eingezeichnet war und was scheinbar so etwas wie den Ursprung von allem war. Von hier ging ein Gebäudekomplex ab, sowie eine Straße, die als Hauptstraße fungierend durch alle Einrichtungen hindurch führte.

Auf der linken Seite des Blocks befanden sich die Wohneinrichtungen, in der Mitte waren nebeneinander mehrere Arbeitseinrichtungen eingezeichnet, während man auf der rechten Seite Forschungsstationen sehen konnte. Rings um den Block waren riesige Felder markiert, die ebenso mit Bewässerungszeichen versehen waren. Es waren dort eindeutig Zeichen für Saatgut zu erkennen, wie Weizen, Mais, Baumwolle und andere Symbole, die Adam nicht kannte.

Hinter den Feldern war nur noch eine graue Abgrenzung zu erkennen, eventuell eine Mauer, ein großer Kasten ganz im Norden. Diese befand sich direkt an die Feldareale angrenzend, war mit B-Komplex beschriftet und eingekreist war das Ganze dann von einem grünen Streifen, was vermutlich ein Waldstück symbolisierte.

Weiter gab die Karte nichts her. Sie war wie ein Stadtplan in einem gelblichen Ton mit farbigen Linien und Symbolen gehalten. Merkwürdig war, dass überall blaue Augensymbole mit Ziffern eingezeichnet waren. Sollte es sich hierbei um Kameras handeln? Von K-16/13 war jedoch nichts zu sehen. Er kümmerte sich weiter um seine Arbeit und dachte nach.

Karen hatte gesagt, er würde es finden. Das hieße, dass es wohl einigermaßen versteckt sein würde. Er rief sich die Karte erneut vor sein geistiges Auge und überlegte fieberhaft, was er übersehen haben könnte. Die Gebäude hatten alle eine eindeutige Kennzeichnung, K-16/13 hätte er definitiv entdeckt.

Er erinnerte sich nur noch, dass die einzig undeutliche Beschriftung B-Komplex war. *Aber halt.* Waren in diesem nicht feine Linien gezogen, die irgendwas abgrenzten? Vielleicht waren in den Quadraten noch weitere Bezeichnungen, die ihm entgangen waren. Er ging nochmal rüber und betrachtete den B-Komplex. Und richtig, er sah die feinen Linien, die ihn an ein Planquadrat erinnerten. Er zählte 20 Reihen nach rechts und 15 nach oben. Er näherte sich nochmals und hoffte inständig, dass ihn niemand beobachtete.

Dann sah er es. Kleine Zahlen waren in dem grauen Ton hervorgehoben und an ihrem Ausgangspunkt waren die Buchstaben B-0/0 und K-0/0 gekennzeichnet. Jetzt war klar, was Karen gemeint hatte. Sie hatte das Ganze zwar als ein Wort gesagt, aber meinte Koordinaten dieses Komplexes.

Mit dem System der x- und y-Achse brauchte er nur 16 nach rechts abzuzählen und 13 nach oben. Ihm war zwar unklar, was das B oder das K bedeuteten, aber es war die einzige Möglichkeit, da war er sich sicher. *Aber wie kam er dahin? Und was hieß Alpha94332? War das ein Code?*

Er hatte die Karte mindestens 5x genau angesehen – nirgends konnte er solche Zahlen oder ein Alpha entdecken. Er beschloss, sich diesen Code weiterhin zu merken aber sich zunächst erstmal auf den Plan zu konzentrieren, wie er zu dem Gebäude gelangt.

Diese Augen überall waren höchstwahrscheinlich Kameraüberwachungsanlagen. Es war nahezu unmöglich, sich alle Stellen zu merken. Und aufschreiben durfte er auch nichts, zu groß war die Gefahr, dass es jemand mitbekam.

Da er keinen Laptop und auch von seinem Haus aus nicht die Möglichkeit hatte, irgendwie das Kameranetzwerk zu hacken, konnte er eigentlich nur improvisieren.

Dazu kamen dann noch der sehr lange Weg und die Tatsache, dass er sich eigentlich auf blauen Dunst dorthin bewegte, denn auch, wenn er sich ziemlich sicher war, dass mit den Zahlen die Koordinaten für die Quadrate auf der Karte gemeint waren, er wusste es nicht mit Bestimmtheit. Es war zum Verzweifeln, aber er beschloss, ruhig zu bleiben, und sagte sich, dass er ja noch eine Woche hätte, bis es losging.

Als er abends ins Bett ging, fasste er den Plan für sich zusammen:

Er wollte innerhalb von 15 Minuten mit blutender Nase und eventuellen weiteren Nebenwirkungen durch eine riesige Stadt kommen, dabei weder gesehen werden, noch Geräusche machen, um dann zu einem Gebäude zu kommen, welches er wahrscheinlich als das richtige wähnte, während er immer noch keinen Schimmer hatte, was dann da auf ihn wartete.

Das war irre! Ach ja, dabei sollte er sich noch eine Ziffernreihenfolge merken, deren Bedeutung er nicht kannte.

Er drehte sich mehrmals hin und her und schüttelte immer wieder den Kopf. Wie konnte er sich nur zu so was überreden lassen? Er wurde fast entführt, die Entführerin hatte ihn mit wahnwitzigen Erkenntnissen bombardiert, die sie definitiv für richtig hielt und ihn dazu aufgefordert, das Gesetz zu brechen. *Aber was, wenn sie recht hat?* Mit diesem inneren Kampf schlief er schließlich erschöpft ein.

Die Woche näherte sich ihrem Ende und Adam zweifelte immer mehr an seinem Plan, den er eigentlich nicht mal so nennen wollte. Er fragte sich außerdem, was das eigentlich alles brachte und ob er es nicht lieber sein lassen sollte. Ihm ging es doch gut. Er hatte Arbeit, Essen, ein Dach über dem Kopf. Was wollte er mehr? Dann schoben sich ihm wieder die vier Punkte durch den Kopf, die Karen ihm gesagt hatte.

1. Du fragst Dich manchmal, wieso Du manche Dinge einfach kannst, obwohl Du Dich nicht erinnern kannst, wie du sie gelernt hast.

Er fragte sich tatsächlich manchmal, warum er mit einem Trecker umgehen konnte, weshalb er fit mit dem Umgang eines PCs war, wodurch er Fahrrad fahren gelernt hatte. Er hatte nie jemanden gekannt, der es ihm beibrachte. Zumindest erinnerte er sich nicht an die entsprechende Situation. Unwichtigere Fakten und Erlebnisse konnte er sich aber durchaus ins Gedächtnis rufen.

Bei seinem Türschloss funktionierte der Schlüssel nur, wenn man ihn ein wenig nach rechts drückte beim Schließvorgang. Das hatte er rausgefunden, als er beim ersten Mal mit dem Arm abgerutscht war. Er erinnerte sich daran, konnte sogar noch den Schmerz fühlen, als er dabei mit der Handkante an dem rauhen Stein seiner Hauswand entlang strich. Er sah die Kratzer auf seiner Haut, erinnerte sich an das bisschen Blut, welches aus der Wunde quoll und doch relativ schnell wieder versiegte. All das konnte er sprichwörtlich noch nachfühlen. Aber er sollte sich nicht daran erinnern können, wie er Fahrrad fahren gelernt hat? Wie kommt das? Oder an denjenigen, der ihm das Gaspedal beim Trecker gezeigt hat? Merkwürdig.

2. Du hörst manchmal eine innere Stimme, die Fragen aufwirft, aber Du kannst sie weder greifen, noch ihr direkt zuhören, denn Du verdrängst sie sofort wieder.

Diese Stimme hörte er oft. Eigentlich schloss diese sich nahtlos an die Fragen nach seiner nicht vorhandenen Erinnerung an. Oder kam in Momenten wie solchen, an denen er sich an die hübsche Karen erinnern wollte. Seine innere Stimme rebellierte und teilte ihm offensichtlich mit, dass hier alles falsch ist. Aber wenn er versuchte, ihr richtig zuzuhören und nach dem Gesagten zu greifen, tiefer zu forschen, verschwamm sie. Wie ein Traum, den man zu fassen anstrebt, der sich aber gleichzeitig ins Unterbewusstsein gräbt, so sehr man es auch versuchte.

3. Manchmal bekommst Du aus unerfindlichen Gründen Schmerzen – leichte bis schwere – die genauso schnell wieder verschwinden können, wie sie gekommen sind.

Die hatte er. Die hatte er oft. Er erinnerte sich ungern an seinen Ausflug mit dem Trecker, als er die Radkappe holen wollte. Er hatte noch nie solche Schmerzen gefühlt.

4. Sehr oft spürst Du ein Kribbeln im Nacken.

Das Kribbeln. Ja. Immer wieder spürte er, wie sich seine Nackenhaare aufstellten und auch das konnte er nicht einordnen. Hatte er das immer gefühlt? Schon in seiner Kindheit? Wenn er versuchte, sich daran zu erinnern, kamen meist all die 4 Punkte von Karen zusammen. Nein, hier war alles von Grund auf faul und er musste das aufdecken. Und er wollte Karen wiedersehen.

Er beschloss, Zuversicht zu zeigen. Der vorletzte Tag ging ohne irgendwelche Zwischenfälle langsam zu Ende.

Lediglich am letzten Tag vor seinem Treffen mit Karen passierte etwas Seltsames. Er war an diesem Tag wieder auf den Feldern eingeteilt, was ihm sehr gelegen kam, denn er glaubte, dass er seine erhöhte Position ausnutzen konnte, um sich einen besseren Überblick über den Rand der Felder zu verschaffen. Schließlich sollte er heute Nacht hier bei Dunkelheit zurechtkommen.

Doch so richtig einprägsam war das Gelände nicht. Alles sah gleich aus und besonders weit sehen konnte er auch nicht. Er lief mit dem geistigen Auge nochmal die Straße ab. Bei seinem Haus startend musste er erstmal aus dem Wohnblock heraus, dann links hoch an allen Arbeitseinrichtungen vorbei, rechts herum

Richtung Forschungseinrichtungen und schließlich wieder links zu den Feldern.

Dort angekommen wurde es dann schwieriger. Das Gebiet kannte er nicht und er konnte nicht sagen, ob er dort ohne weiteres durchkam, selbst aus seiner erhöhten Position konnte er keinerlei Orientierungspunkte ablesen. Ab diesem Zeitpunkt würde er also improvisieren müssen. Als er zu Hause angekommen war, verfasste *Mara* wie üblich ihren Bericht über seine heute geleistete Arbeit und die damit verbrauchten Kalorien und die zu sich genommene Nahrung. Sie ergänzte das um die noch ausstehenden Nährstoffe, die er heute beim Abendbrot zu sich nehmen sollte und schloss mit dem letzten Satz, machte dabei aber komische Fehler begleitet von einem knackenden Geräusch mit leichtem Rauschen:

…Für das heutige Entspannungsprogramm habe ich einen Film herausgesucht, den Du Dir auf Deinem Fernseher ansehen kannst. *Es geht um ein Fahrrad mit blauen Pfeilen, ohne dass die Augen zuschauen.* Der Film geht um 19:30 Uhr los und dauert bis 21:30 Uhr. Danach würde ich vorschlagen, ins Bett zu gehen. Ist Dir das so recht? *Es geht um ein Fahrrad mit blauen Pfeilen, ohne dass die Augen zuschauen*? Was hatte das zu bedeuten?

Er sinnierte den ganzen Abend, aber wollte nicht so recht darauf kommen, was *Mara* zu diesen Äußerungen veranlasst hatte. Der Film handelte von Elefanten, die sich auf die Suche nach einem Wasserloch begaben. Ein Dokumentarfilm über das Herden- und Sozialverhalten von grauen Dickhäutern. Das hatte so ziemlich gar nichts damit zu tun, was *Mara* gesagt hatte.

Adam begab sich danach ins Bett und dachte nach. Was, wenn der kryptische Satz ein Hinweis war für sein heutiges Treffen mit Karen? War das möglich? Hatte sich jemand in seine *Mara*-Computerstimme gehackt und ihm darüber eine Botschaft gesendet? Das könnte bedeuten, dass er in dieser Nacht sein Fahrrad nehmen und sich an den blauen Pfeilen orientieren sollte, die ihm auch sonst immer als Navigation vorgegeben waren und wenn er richtig lag, hatte jemand die Kameras auf eben diesem Pfad deaktiviert. *War das wirklich möglich?*

K-16/13

Niemals nach 19:00 Uhr das Haus verlassen! Das wusste jeder. Es war jetzt 21:00 Uhr und draußen herrschte absolute Dunkelheit.

Adam wusste nicht, ob der kryptische Hinweis wirklich so gemeint war, aber er konnte ihm letzten Endes keine andere Bedeutung zuschreiben. Es war schwer einzuschätzen, wie viel Zeit er für den ganzen Weg brauchen würde und wie viel er dann noch brauchte, um den richtigen Ort zu finden.

Er nahm die Pille und fühlte sich zunächst ein wenig desorientiert, dann jedoch wieder klar und setzte seinen Plan in die Tat um. Er verließ das Haus, während er sich noch fragte, ob *Mara* so etwas nicht auch merkt und irgendwo hin weitermeldet. Langsam hatte er das Gefühl, paranoid zu werden aber das kurze Gespräch mit Karen und die Momente, in denen er durch die Pillen augenscheinlich klarer war, ließen ihn stark an dem Ganzen hier zweifeln.

Es gab Momente, in denen er sich weit zurückerinnerte. Zunächst dachte er an Traumfetzen von letzter Nacht, die ihm wohl noch mal wieder kamen aber mehr und mehr erinnerte er sich auch an Gefühle, Eindrücke, Momentaufnahmen, die stärker wurde, je länger er darüber nachdachte.

Wären es Traumfetzen gewesen, wäre es umgekehrt – sie würden schwächer werden, je mehr er danach griff. Als er auf das Fahrrad stieg, erinnerte er sich an seine Eltern.

Sie gingen mit ihm in diese ruhige Seitenstraße, die in der Nähe ihres Hauses lagen. Er fragte sie, ob er jetzt fahren dürfte, doch sein Papa verneinte. „Erst müssen wir die Straße absichern." Dann durfte er sich endlich draufsetzen und merkte, wie die Hand seines Vaters hinten seinen Sattel festhielt.

„Jetzt, Papa?", fragte er aufgeregt. „Jetzt, mein Sohn!", sagte er und schob ihn an. Schlurfenden Schrittes schob er weiter und sorgte für immer schnellere Drehungen der Räder.

„Schneller Papa!“, rief Adam und versuchte, einen Blick nach hinten zu erhaschen.

Aus der Ferne hörte er nur „Ja, Adam – bitte guck nach vorne!“ Er war verwirrt, müsste die Stimme seines Vaters nicht viel dichter an seinem Ohr klingen? Sehr viel näher? Und er blickte noch weiter nach hinten, sah seinen Papa winken und nach vorne zeigen.

Die Umwelt um ihn herum wurde still und seine Arme verfielen in dieses Schlingern, was man hat, wenn der Lenker in diese typische Eigendynamik verfällt und man krampfhaft versucht, auszugleichen.

Die Fahrt endete in einem Busch und wurde mit einem Darth-Vader-Pflaster gefeiert. An den folgenden Tagen machten sie das häufiger und schließlich konnte er Fahrrad fahren.

Er erinnerte sich an dieses Gefühl von Freiheit. Der berauschende Wind, der rechts und links an seinen Ohren entlang pfiff, die Geschwindigkeit, die unverbrauchte und frische Luft. Was für ein herrliches Gefühl, was für eine tolle und feste Erinnerung. Niemals könnte er das vergessen. *Und doch hatte er es getan.*

Eine kleine Träne drückte sich aus der Seite seines rechten Auges und lief langsam seine Wange herunter.

Niemals wollte er dieses Gefühl wieder vergessen. Er wollte sich erinnern an all das, was einmal war. All das fühlen, was er erlebt hatte, wissen, was er alles erfahren und was er gelernt hatte. All seine Eindrücke rekapitulieren, wissen, was er wirklich weiß.

Er hatte die letzten Tage immer wieder gezweifelt, ob das, was er vorhatte, wirklich richtig war, doch spätestens jetzt war sein Entschluss gefasst. Er schwang sich auf sein Fahrrad und stellte am Ausgang des kleinen Weges zu seinem Haus fest, dass das Navigationssystem wirklich lief. Die Straßen waren komplett leer, wie erwartet. Die Beleuchtungen waren ab 19:00 Uhr überall ausgeschaltet, in den Häusern würde jeden Moment ebenfalls der Strom zu einem großen Teil weggenommen werden. Dann lief nur noch kleines, gemütliches Licht und Fernseher oder Badezimmer-Steckdose.

Klack. Aus. Es war nun überall stockfinster.

Doch nach einigen Momenten hatten sich seine Augen an die Dunkelheit gewöhnt. Über ihm war sternenklare Nacht und somit verfügte er wenigstens über genügend Restlicht, um seinen Weg einigermaßen sehen zu können.

Aus der Ferne sah er immer wieder die roten Infrarotlichter der Kameras. Manche Kameras waren fast unsichtbar verbaut, andere wiederum ragten an großen, dicken Masten aus dem Boden und sicherten die Kreuzungen nach allen Seiten hin ab.

Doch alle roten Lichter gingen plötzlich aus, wenn er in die Nähe kam, wahrscheinlich gerade rechtzeitig, so dass die empfindlichen Bewegungsmelder ihn nicht erkennen konnten. Trotz der Tatsache, dass er sich nun einigermaßen sicher wähnte, fuhr er schnell und zielstrebig. Er wollte nicht riskieren, dass seine Glückssträhne abriss, und hatte vor, eventuell ein wenig Zeit gut zu machen, um sich nach hinten heraus abzusichern. Wer weiß, wie lange er brauchte, um den richtigen Ort zu finden.

Er passierte die Arbeitseinrichtungen, fuhr an den Forschungsstationen vorbei und ließ auch die Felder hinter sich. Dann kam sie. Eine große, graue Mauer. Er wäre fast mit seinem Fahrrad dagegen gefahren und hätte sich wahrscheinlich fürchterlich verletzt aber schaffte es gerade noch rechtzeitig zu bremsen.

Eine Mauer soweit das Auge reichte. Sie schien zu beiden Seiten kein Ende zu nehmen und war so hoch, dass man so ohne Kletterhilfe da nicht rüberkam. Auch sein Fahrrad wäre dabei keine Hilfe. Er stieg ab, immer noch völlig perplex. Auf der Karte im Wasserwerk hatte er diesen grauen Ring gesehen aber das wirkte im Verhältnis zu den anderen Dingen auf der Karte natürlich nicht direkt wie ein richtiges Hindernis. Auch vom Trecker aus hatte er versucht, auf genau solche Schwierigkeiten aufmerksam zu werden, aber diese Mauer sollte er nicht gesehen haben?

Er legte sein Fahrrad hinter den nächsten Busch und beschloss, die Mauer nach links abzuschreiten. Er hätte nach rechts gehen können, allerdings waren hier die Felder und irgendwie kam es ihm sicherer vor, sich im

Sandwich zwischen Feldern und der Mauer zu bewegen, statt zwischen dieser und etwas anderem, was er nicht kannte.

Er war immer noch recht zuversichtlich und ging schnellen Schrittes weiter. Wäre die Mauer wirklich unüberwindbar, hätte man ihm das doch irgendwie gesagt.

Die Worte von *Mara* schossen ihm wieder durch den Kopf, aber er konnte in ihnen nichts entdecken. Auch Karen hatte definitiv nichts von einer Mauer oder ähnlichen Problemen gesagt und war zuversichtlich, dass er es schaffen würde. Dazu kam noch, dass ihn die Navigation des Fahrrads genau dorthin geführt hatte. Vielleicht kam also irgendwo noch ein Tor oder sonst etwas.

Nachdem er einige hundert Schritte gelaufen war, nahm er die Geschwindigkeit ein wenig heraus und strengte seine Augen mehr an. *Irgendwas musste doch hier sein?*

Er verlor sonst zu viel Zeit und auch Kondition, um eventuelle andere noch kommende Hindernisse überwinden zu können. Weiter und weiter schlich er sich an dem grauen

Ungetüm entlang und blickte immer wieder nach rechts und links, suchte in der Mauer nach Schwachstellen und in den Büschen nach Hilfsmitteln. Doch er fand nichts.

Er befand sich innerlich bereits in dem typischen Dialog mit sich selber, den man anstrebte, wenn man kritisch hinterfragte, ob man aufgeben soll und welche Alternativen es gibt. Doch sein kämpferisches *Ich* beschwor ihn, weiterzumachen. Es musste etwas kommen.

Dann auf einmal sah er es. Zunächst nur vermehrt abgebrochene Zweige in den Büschen, über die man sich bei einem Waldspaziergang eher keine Gedanken machen würde. Dann immer mehr und mehr. Man würde sich bei eben diesem Spaziergang fragen, ob da vielleicht Tiere gekämpft und dabei die Büsche kaputt gerissen und zertrampelt hätten. Es waren eindeutig Spuren zu erkennen.

Er ging langsam weiter und sah nun auch Fußspuren. Die Sache wurde heißer. Er schlich so leise wie möglich hinter den Spuren hinterher.

Der Vollmond stand der Erde sehr nah, so dass er keinerlei Probleme mehr mit der Sicht hatte. Weiter und weiter verfolgte er die Spur und war bereits dabei zu analysieren.

Es musste sich um eine Frau gehandelt haben, die diese Spuren hinterließ. Es waren kleine, schmale Füße verglichen mit seinen und er hatte keine ungewöhnlich großen. Als er seinen rechten Fuß hinein stellte, schätzte er, dass er die Spuren um etwa 4-5 Größen überragte.

Er ging noch ein paar Schritte weiter, dann sah er auf einmal ein etwas größeres Loch im Boden. Es mochte sich hierbei wohl mal um eine Pfütze gehandelt haben, allerdings beinhaltete diese jetzt kein Wasser mehr und gab den Blick frei auf ein kleines Loch in der Mauer und jede Menge Steinreste, die ringsum die Pfütze verteilt waren. Zwei mächtige Stöcker lagen dort herum.

Er hockte sich in den einigermaßen schlammigen Untergrund und versuchte, sich weit herunter zu ducken. Er konnte durch das Loch hindurchsehen, sah aber auf einen Blick, dass es zwar groß genug für eine Frau gewesen sein dürfte, für ihn aber eher nicht ausreichte.

Zum Beweis, dass er sich nicht täuschte, drückte er sanft seinen Kopf an der Stelle gegen die Mauer und tat so, als würde er ihn durch das Loch schieben wollen.

Und richtig, es fehlten mindestens zwei Zentimeter zu allen Seiten um seinen Kopf durchzubekommen. Nach rechts und links könnte es mit seinen Schultern und Armen unter Umständen sogar passen.

Er überlegte fieberhaft. *War das die Möglichkeit, durch die Mauer zu kommen? Oder gab es noch eine andere? Wie viel Zeit würde ihm noch bleiben, weiter zu suchen und dann wieder zurückzukehren oder aber hier zu sitzen und zu versuchen, das Loch zu vergrößern?*

Schließlich versuchte er, erstmal auszutesten, wie viel Aufwand wohl die Vergrößerung des Lochs bedeutete. Er nahm einen der dicken Stöcker und probierte, mit dessen Hilfe einige Mauerstücke zu entfernen. Und tatsächlich, mit einigermaßen moderatem Kraftaufwand schaffte er es, das Loch zu vergrößern.

Er schätzte, dass er ungefähr eine Viertelstunde brauchen würde, die Lücke so groß zu gestalten, dass sein Körper da durchpasste und betrachtete das als Aufwand, den man durchaus in Kauf nehmen könnte. Er fing sofort an.

Langsam aber sicher bröckelten immer mehr Steine von der Mauer ab. Der Zahn der Zeit schien hier bereits lange genagt zu haben. Vielleicht war sie an dieser Stelle auch einfach nicht gut verarbeitet, Stück für Stück nahm sein Tor durch die Mauer Form an.

Seine Form.

Nach ungefähr zwanzig Minuten hatte er es geschafft und es war Zeit für einen ersten Test.

Er legte sich flach auf den Boden. Es stellte sich ihm nur noch die Frage, ob er sich lieber auf den Rücken legen sollte, um seine Arme auf der anderen Seite als weiteren Hebel zu nutzen oder ob er sich auf dem Bauch besser durchrobben konnte. Dann entschied er sich zunächst für die Bauchlage und näherte sich vorsichtig dem Loch. Er steckte den rechten Arm durch, krallte sich dort in den Boden und versuchte, sich weiter vorzuziehen, während seine Füße von hinten nacharbeiteten. Doch leider passte sein Kopf nicht ganz durch und vermutlich wäre er auch mit seinen Schultern an der Seite hängen geblieben. Hier würde er noch ein wenig nacharbeiten müssen.

Leise fluchend schob er sich wieder zurück, schnappte sich den harten Stock und stocherte weiter in der Mauer herum.

Der Schweiß stand ihm auf der Stirn. Er fragte sich, wie lange wohl das Mittel noch wirken würde. *Wie lange hatte er bis hierher gebraucht? Und wie weit würde es noch sein?* Er fühlte erneut, wie seine Nase zu bluten anfing.

Mühsam trug er die einzelnen Mörtelbrocken von der Mauer ab. Am Ende ließ er sich zurückfallen auf alle viere und betrachtete sein Werk.

Jetzt musste es einfach passen. Er entschied sich erneut für die Bauchlage und versuchte es auf dieselbe Art wie vorhin, sich durchzuschieben. Sein Kopf näherte sich und stieß zwar oben ein wenig gegen die Mauer, als er ihn jedoch seitlich anwinkelte, passte es. Er winkelte auch seinen Arm ab und drückte sich dann durch.

Kopf und Schultern waren die kritischen Stellen, als diese durch waren, war der Rest eigentlich kein Problem mehr. Schnell erspähte er auch eine feste Wurzel, die er ergreifen konnte und die sich als hilfreich erwies, den Rest seines Körpers durchzuziehen.

Geschafft.

Er sah zwar aus, wie ein richtiger Dreckspatz aber das war ihm egal, er hatte die andere Seite der Mauer erreicht und fühlte sich absolut sicher. Jetzt sondierte er das Terrain, was vor ihm lag.

Laut der Karte im Wasserwerk und verglichen mit dem Weg, den er vermutlich zurückgelegt hatte, musste er nun wieder ein paar hundert Meter nach rechts gehen, um den B-Komplex zu erreichen.

Er staubte seine Klamotten notdürftig ab, wischte das Blut an seiner Nase in seinem Ärmel ab und machte sich auf den Weg, den Mond in seinem Rücken.

Seine Umgebung bestand aus einigermaßen dichtem Wald. Er konnte sich zwar ganz gut bewegen, musste aber immer wieder seine Arme nutzen, um hie und da Sträucher und die Äste der Bäume zur Seite zu biegen und weiter voranzukommen.

Nachdem er einige Zeit an der Mauer entlang geschlichen war, beschloss er, jetzt ein wenig schräger in den Wald vorzudringen, um den Weg zu verkürzen. Er sah weiter keine Spuren mehr von der Frau, die sich bereits vor ihm hier durchgewühlt haben musste, also ging er davon aus, dass sie vielleicht eine andere Richtung eingeschlagen hatte. Wohlmöglich war das aber auch Karen gewesen? Für ihn schien das bei näherer Überlegung aber unlogisch. Sie hätten sich dann ja an der Mauer treffen und gemeinsam an dem Loch arbeiten können – das wäre einfacher gewesen.

Nein, sie konnte das nicht gewesen sein, wahrscheinlich hat sie einen anderen Weg zu ihrem Treffpunkt genommen.

Nachdem er noch etwa 50 Meter schräg in den Wald gelaufen war, kam er plötzlich an eine Lichtung, durch die Schienen hindurch liefen. Damit hatte er hier eigentlich nicht gerechnet, aber er bewertete das zunächst weder als gut noch schlecht und überquerte diese einfach. Er konnte jetzt weiter sehen, die Waldfläche hatte er wohl hinter sich gelassen. Es waren ihm gegenüber zwar noch Bäume aber er konnte in der mond-beleuchteten Dunkelheit auch so etwas wie gräuliche Schemen erkennen und nahm an, dass es sich hierbei wohl um Mauerwerk handeln musste.

Schnell lief er in geduckter Haltung Richtung Bäume und tastete sich von Deckung zu Deckung vorwärts. Nach fünfzig weiteren Metern gelangte er an einen alten Zaun, der an diversen Stellen bereits heftig rostete und an einigen davon sogar nicht mal mehr mit den Pfählen verankert war.

Er sicherte nochmals nach links und rechts ab und lauschte in die Stille, die ihn umgab. Als er keine bedrohlichen Geräusche oder Bewegungen feststellen konnte, bog er den Zaun an der Stelle, an der er fast gar nicht mehr mit dem Pfahl verbunden war, um und schlüpfte durch das Loch. Er hatte genau die Stelle erwischt, an der der Eckpfahl stand, der

Zaun erstreckte sich von seiner Position aus also sowohl nach Norden, als auch nach Osten. Der Waldboden, den er gerade passiert hatte, wich nun einem ehemals sicherlich gepflegten Rasen, der nun allerdings zusehends verwilderte und von diversem Unkraut total durchwuchert wurde. Jetzt verschaffte er sich einen Überblick über die Lage.

Der Mond spendete immer noch genug Licht, so dass er mit seinen inzwischen gut an die Dunkelheit angepassten Augen verhältnismäßig gut sehen konnte.

Vor ihm lag eine Reihe von Gebäuden, die mit den direkt im Norden stehenden Häusern begann und sich von da an nach rechts erstreckte.

Direkt in der Mitte jedes einzelnen Hauses war, soweit er sehen konnte, eine Tür, vermutlich die Eingangstür. Er erinnerte sich erneut an die Karte im Wasserwerk und versuchte, sich zu orientieren. Wenn er den Weg, den er seit der Mauerdurchquerung zurückgelegt hatte, Revue passieren ließ, und dazu das Bild der Karte vor sein geistiges Auge legte, musste er genau am ersten Gebäude des B-Komplexes sein. Er brauchte also nur die Reihe lang laufen, bis er beim sechzehnten Haus angelangt war und dann aus seiner Blickrichtung links abbiegen um sich erneut bis zum dreizehnten Haus durcharbeiten.

Im Stillen fragte er sich immer noch, was es mit dem Buchstaben „K“ auf sich hatte, befand er sich doch eigentlich im B-Komplex aber er beschloss, dass er es dann schon feststellen würde, wäre er erst einmal da.

Und so lief er los und betrachtete im Vorbeilaufen die einzelnen Häuser. Diese waren alle samt verwittert und teilweise sogar eingestürzt. Türen waren aus den Angeln gerissen, Dächer lagen mal vor, manchmal neben dem Haus oder begruben es einfach in Gänze.

Briefkästen lagen auf den Rasenflächen, die hölzernen Spitzen des geborstenen Holzes ragten heraus und stellten gefährliche Stolperfallen dar. Es sah aus, als hätte hier nicht nur eine Bombe eingeschlagen.

Das Bild änderte sich auch nicht, als er die Reihen entlang schritt. Am sechzehnten Haus angekommen, bog er links ein und arbeitete sich weiter vor.

Neun, die Häuser muteten jetzt immer katastrophaler an, überall lagen Teile wie Dachpfannen, Glasscherben, Splitter oder ganze Fensterscheiben und auch deren Rahmen, sogar komplette Schornsteine lagen auf der Straße, und mit jedem Gebäude schien es noch schlimmer zu werden.

Zehn war nicht nur die Nummer des Hauses, das er passierte, es war scheinbar auch der Verwüstungsgrad. Und nicht nur das, als er zwischen Haus *Elf* und *Zwölf* den nur auf der Straße liegenden Zaun entlang lief, stolperte er fast über einen Arm. *Ein Arm?*

Dieser war komplett verkohlt und sah eigentlich nicht mehr aus, wie ein Körperteil, sondern eher wie ein schwarzer Ast aber er erkannte einen silbernen Fingerring, der an den Überresten fest war und so ging er von einem menschlichen Arm aus. W*as zum Teufel ist hier bloß passiert?*

Er warf noch einen letzten Blick, dann wurde ihm jedoch übel.

Diesmal war die Übelkeit nicht durch die Chemikalie *Phase 4* beziehungsweise durch eine fernsteuernde Macht von außen bewirkt, sondern schlichtweg durch die Tatsache, dass unser Gehirn bei herumliegenden Leichenteilen durchaus sensibel reagiert. Und mit diesen Gedanken entleerte er sich hinter dem nächsten umgekippten Zaun und wankte auf das *dreizehnte* Haus zu.

Wenn man es noch Haus nennen durfte. Es war mehr ein Loch als ein das und so stand er vor den Grundrissen, aus denen hier und dort ein paar Mauerwerkstücke hervorlugten.

Die zweite Geschossdecke war fast vollständig abgedeckt, lediglich drei Bretter lagen noch über den Querbalken, rechts und links umspielt von ein paar losen Dachziegeln sowie einem angedeuteten Dach, welches sich wohl mal dort befand.

Angerichtet war dieses Desaster noch mit einem quer vor der Haustür liegenden Schornstein und einer alten, halb schwarzen Weihnachtssocke, aus der möglicherweise der Rest eines Geschenks lugte. Es war grotesk.

Adam betrat die Haustür – beziehungsweise das, was davon noch übrig war. Instinktiv suchte er vorher nach der Klingel oder einem Klingelschild aber das war eigentlich nur so, weil den Menschen das bereits im Kindesalter quasi als Ordnung beigebracht wurde. Es gab nicht wirklich etwas, an dem ein Schild oder eine Klingel noch Platz gefunden hätte.

Er blickte auf einen Holzfußboden, dessen Dielen ebenfalls arg in Mitleidenschaft gezogen wurden durch was auch immer und eine Raumteilung gab es eigentlich auch nicht mehr.

Rechts befand sich ein alter Kühlschrank, der umgekippt an dem letzten Stück Mauer lehnte. Es war einer dieser typisch amerikanischen Kühlmöbel, die manchmal türkis, gelegentlich rot aber eigentlich nie wirklich weiß waren, vielleicht schlimmstenfalls in einem Creme-Ton.

Auch die Anordnung der Küche konnte man bestenfalls erahnen. In der Mitte befand sich wohl die Arbeitsfläche, dessen Dunstabzugshaube in mindestens drei Teilen verteilt auf dem Boden lag. An der Wand waren die Schränke, dessen Schubladen quer im Raum herum lagen, zum Teil auf den Möbelresten, teilweise als Einzelteile.

Selbst ein altes Messer lag auf dem Boden und die dazugehörige Gabel war in ein Stück Holz eingetaucht. Hier muss eine gewaltige Reaktion stattgefunden haben, wenn eine Gabel es schafft, so schnell durch die Luft zu fliegen, dass sie in Holz stecken bleibt.

Das einzig stabil wirkende Element des ganzen Trümmerhaufens war eigentlich nur die Treppe nach unten in den Keller. Da ihm nichts Besseres einfiel, stieg er diese herab. Er riskierte vorher noch einen Blick nach oben, ob nicht irgendwas von dort auf ihn herabfallen könnte, konnte aber nichts Bedrohliches in dieser Richtung feststellen und so setzte er sein Vorhaben fort.

Unten angekommen stand er tatsächlich in so etwas wie einem Raum – oder den Überresten davon. Hier war man aber durchaus noch geneigt, von einem Raum zu sprechen, da man zumindest eine Geschossdecke über dem Kopf hatte. Er fragte sich noch, ob diese eventuell über ihm zusammen stürzen könnte, weil er dem Gebäude nicht traute. Er befand, dass das am heutigen Tage auf keinen Fall passieren würde!

In dem Raum konnte er leider nicht mehr viel erkennen. Es war recht dunkel und der helle Mondschein von draußen fand hier, wenn überhaupt, nur ganz wenige Wege durch die beiden schräg eingebauten Seitenfenster, die nur durch einen Erdaushub einigermaßen, wenn auch getrübten, Durchlass hatten.

Er tastete sich durch den Raum, nahm einige Regale wahr, ein Bett, gegen das er lief und eine tiefliegende Lampe, dessen Zugband zum ein- und ausschalten ihm durch die Haare streifte. Zunächst erschreckte er sich fürchterlich darüber und wollte schon Reißaus nehmen. Als er begriff, was das war, beruhigte er sich aber wieder und zog tatsächlich daran, schüttelte dann aber den Kopf und war kurz davor, über seine eigene Blödheit zu lachen. Als ob hier Strom sein könnte…

Er tastete sich weiter durch den Raum, gelangte dann aber nur noch in die der Treppe gegenüberliegende Ecke.

Er blieb stehen und überlegte. War er im richtigen Haus? Hatte er sich verzählt? Was sollte er jetzt tun? Schon wollte er sich zum Gehen wenden, da stolperte er über ein Stromkabel, dessen Schlaufe unfallgefährlich hochragte und sich um seinen Schuh ringelte.

Er fing sich schnell, tastete nach der Schlinge und zog seinen Fuß raus. Fluchend zog er an dem blöden Kabel und riss damit ein komplettes Regal um, welches sich fast auf ihn stürzte. Er nahm jedoch kurz vorher das ächzende Bersten des Holzes wahr, so dass er einigermaßen gut vorbereitet war, und rettete sich an die nahe Wand. Dort presste er sich an und hielt seine Arme schützend vor sich. Das Regal fiel krachend und polternd um und knallte anscheinend direkt bis kurz vor zu seine Füße. Er spürte den Windhauch beim Umfallen und konnte mit der Fußspitze dagegen klopfen.

Er hoffte, dass er sich im Gebäude nicht getäuscht hatte und das Karen schon hier war, denn wenn nicht, würde sie unter Umständen über das Regal stolpern und sich verletzen. Und er hoffte, dass dieses Gefühl, dass er nicht alleine war, ihn täuschte, denn dieses laute Krachen hätte vermutlich jeden selbst im Umkreis von 100 Metern auf ihn aufmerksam gemacht.

Zwar hatte er auf der ganzen Strecke hier hin, nicht den leisesten Moment ein Geräusch oder eine Bewegung wahrgenommen, die dieses Gefühl rechtfertigen würde, aber man weiß ja nie... Wenn ein Verfolger bisher nur vage ahnen konnte, wo er sich befand, wusste er es spätestens jetzt ganz sicher.

An der Wand aber, an die er sich gerettet hatte, fühlte er noch etwas anderes. Es war quadratisch, irgendwie metallisch und seine Hand konnte mehrere Erhebungen fühlen. Hier wollte nun so gar kein Licht mehr ankommen, so sehr er seinen Blickwinkel auch änderte und in die Richtung seiner Hand starrte, er konnte nicht ausmachen, was das war.

Er fühlte jetzt mit beiden Händen die Maße ab und irgendwie erinnerte ihn das an ein Zahlenfeld. Er drückte auf die Erhebungen und siehe da, es war tatsächlich ein Tastenfeld, welches nun in typisch grünem Ton vor sich hin leuchtete. *Strom.* Auf den Tasten waren die Ziffern von 0-9 zu erkennen, sowie die griechischen Symbole für Alpha, Beta, Gamma und Delta. Über dem Tastenfeld war eine Eingabezeile illuminiert, die bereits einen Stern zeigte –

wahrscheinlich durch sein erstes Drücken beim Fühlen der Erhebungen. Sein Herzschlag beschleunigte sich. Durch die Leuchtdioden konnte er nun sehr gut alles erkennen. Er befreite das Tastenfeld schnell vom Staub und sah dort oben über dem Eingabefeld die Beschriftung K-16/13 eingraviert.

Sein Herz wummerte wie wild, als wollte es aus seiner Brust heraus schlagen. Paukenschlägen gleich klopfte es in seinem Brustkorb. Er erinnerte sich an die Zahlenkombination, die Karen ihm gegeben hatte, gab diese ein und wartete ab. Instinktiv suchte er noch nach einer Bestätigungstaste, aber mit einem heiseren Geräusch wischte die Tür, die in das Mauerwerk eingelassen war, bereits zur Seite auf.

Karen´s Zuflucht

Vor ihm gingen rechts und links jeweils zehn Lampen an der Seite an, die die nun freigelegte lange Treppe nach unten beleuchteten.

Er ging langsam die vielleicht fünfzig Stufen runter. Am Ende angekommen, hörte er noch das Geräusch der sich schließenden Tür oben. Das löste zweierlei Reaktionen bei ihm aus. Zum einen war er ein wenig ängstlich ob der Tatsache, dass er hier vielleicht nie wieder herauskam, zum anderen war er aber auch dankbar, weil er jetzt definitiv niemanden mehr hinter sich haben konnte. Selbst wenn das Poltern des Regals Aufmerksamkeit eines eventuellen Verfolgers oder Beobachters auf ihn gelenkt hätte, jetzt würde ihm keiner mehr folgen können, es sei denn, er wusste den Code. Aber dann würde er es schon irgendwie mitkriegen. Das hoffte er zumindest.

Ihn fröstelte bei dem Gedanken an das Gefühl, das sich einstellt, wenn man glaubt, beobachtet zu werden. Diese eingebildeten Augen, die einen möglicherweise von irgendwoher anstarren und einen verfolgen. *Er bekam eine Gänsehaut.* Man konnte sich das aber auch sehr gut einbilden, das wusste er, und so tat er es als Begleiterscheinung seines momentanen geistigen Zustandes und auch der allgemein spannenden Situation ab und beruhigte sich wieder.

Es war aber immer noch da. Nochmal drehte er sich zur Tür um. Dann sah er, wie sich diese bewegte. Nur ganz leicht. Sein Verstand sagte ihm in Windeseile, dass die Tür entweder ganz aufginge oder eben nicht aber er wollte es nicht glauben, wischte sich die geweiteten Augen und spürte bereits das Adrenalin in seinen Adern. Schon drehte er sich fluchtbereit in die andere Richtung und versuchte, seinen Fluchtweg auszumachen, da hörte er ein Klirren von weiter hinten. Er wusste nicht mehr, was er tun sollte. Er sah nochmal zur Tür. Dann wieder nach unten. Die Tür hatte sich nicht weiter bewegt...

Oder? Jetzt war er in der Zwickmühle. Schnell nahm er alles an Mut zusammen und näherte sich nochmal vorsichtig der Tür. Doch Stufe für Stufe festigte sich sein Eindruck, dass die Tür nach wie vor durch den Zahlencode verriegelt war.

Auf der letzten Stufe angekommen rüttelte er nochmal am Türknauf. Verschlossen. Glück gehabt. Er wollte gerade seine flache Atmung beenden und einen tiefen Erleichterungsseufzer ausstoßen, da hörte er erneut dieses Klirren. Schnell drehte er sich wieder um und wäre dabei fast die herunter gefallen. Doch er fand halt, mahnte sich selbst, sich zusammen zu reißen, und setzte seinen Weg nach unten fort.

An den kurzen Gang schloss sich erneut eine Tür an, die aber nicht mehr mit einem Zahlencode gesichert war, sondern sich einfach öffnen ließ.

Sie gab einen langen, gewundenen Gang frei, den er entlang lief. Rechts und links waren dicke Stahlpaneele zu sehen, es war kalt und roch merkwürdig feucht. Wieder hörte er das Klirren und auch eine allgemeine Geräuschkulisse wurde stetig lauter, je weiter er den Gang entlang kam. Er konnte jedoch nicht ganz einordnen, um was für Geräusche es sich hier handelte.

Am Ende des Ganges betrat er dann schließlich einen großen Raum, in dem eine kleine Küche, ein leerer Tisch und zwei Stühle waren. Das Zimmer war durch eine Glasscheibe und eine Schleuse von dem Nebenraum getrennt. Durch die Scheibe konnte er so etwas wie ein provisorisches Chemielabor erkennen. Und er sah Karen, die mit Kittel, Handschuhen und Brille mit diversen Flüssigkeiten hantierte. Er stellte erleichtert fest, dass sie die Quelle der Geräusche gewesen sein musste.

Wieder fing das Blut an, aus seiner Nase zu laufen, und so stand er völlig fertig in dem Durchgang, teilweise verkrustetes, stellenweise frisches Blut an seiner rechten Seite, mit zerrissenen Hosen, wilden von Staub durchsetzten Haaren.

Er beobachtete regungslos das Treiben hinter der Glasscheibe, dann schob sich der Stuhl wieder in seine Erinnerung. Nach den ganzen Strapazen – sowohl körperlich als auch geistig – wollte er sich eigentlich nur noch ausruhen.

Und so schlurfte er angestrengt zu dem Stuhl herüber und ließ sich einfach fallen.

Nach kurzer Zeit schien Karen zu spüren, dass sie beobachtet wurde, und drehte sich zu ihm. Sie kam zur Glasscheibe und drückte einen Knopf für die Lautsprecher-Anlage, denn er hörte ihre Stimme jetzt leicht blechern von der Decke hallen.

„Nur noch einen Moment, ich bin gleich bei Dir!", ließ sie ihn kurz wissen.

Sie machte einige abschließende Handgriffe mit der Phiole, die sie gerade in der Hand hielt. Dann beschriftete und steckte sie diese in einen dafür vorgesehenen Glasbehälter. Sie begab sich in die Schleuse und tauchte wenig später in der abriegelnden Tür auf.

„Du hast es also geschafft!", begann sie das Gespräch und setzte sich auf den Stuhl gegenüber, während sie ihm ein Glas Wasser reichte und eine Flasche mit dazu stellte. Er stürzte das Wasser sogleich gierig hinunter.

„Wir sind hier in Sicherheit und haben Zeit bis morgen früh, bis man Dich bei Deiner zugeteilten Arbeit vermissen würde. Bis dahin will ich Dir alles erklären und Deine Fragen beantworten.“, sagte sie und sah ihn erwartungsvoll an.

Adam blickte völlig erledigt zu ihr auf. Er freute sich wahnsinnig, sie zu sehen aber die Erschöpfung ermattete ihn vollkommen. Er hatte einen sehr anstrengenden und aufregenden Weg hinter sich und wollte eigentlich nur die versprochenen Antworten bekommen und einen Plan, wie es weitergehen sollte. Er versuchte einfach nur, seine Gefühle zwischen Freude über das Wiedersehen sowie Erschöpfung und Verzweiflung angesichts der Lage, in der er sich befand in Einklang zu bringen und sie mit wenigen Worten in die Erzählerrolle zu bringen. „Du hast mich in einer irren Aktion abgefangen und mir merkwürdige Dinge über mein Leben erzählt. Ich habe darüber nachgedacht und bin den langen Weg gekommen. Ich glaube, ich will einfach nur Antworten auf alle Fragen, Klarheit und einen Ausblick auf die

Zukunft. Ich würde sagen, Du fängst einfach an zu erzählen.“

Karen verstand. Er tat ihr so unglaublich leid. Sie wurde zwar genau wie er mehr oder weniger unvorbereitet in diesen Topf geworfen, aber wenigstens wurde sie nicht unter Drogen gesetzt und es wurde ihr auch keine fremde Realität vorgegaukelt. Sie konnte verstehen, dass er jetzt, nach dem langen und strapaziösen Weg einfach nur zuhören und endlich genau wissen wollte, was hier vor sich ging. Also erzählte sie.

„Ich hatte Dir ja schon gesagt, dass Du vom Militär zu einem riesigen Test gezwungen wurdest. Jetzt befindest Du Dich hier auf einer riesigen Insel, die vom Militär eigens dafür angelegt wurde, groß angelegte Tests diverser Arten durchzuführen. Der B-Komplex ist ursprünglich eine Forschungsanlage gewesen. Hier haben diverse Forscher an allen möglichen chemischen Mitteln gearbeitet, unter anderem auch an biologischen Kampfstoffen. Man hat dann irgendwann die Forschung in den A-Komplex verlegt, also in den Teil der Insel, in dem wir jetzt leben, arbeiten und forschen, da man dort besserer Labore einrichten konnte und auch die Überwachung der ganzen Menschen vereinfachen konnte.

Den überflüssigen B-Komplex hat man als Testgelände für Raketen-Zielsysteme und ähnliches freigegeben. Wie Du draußen unschwer erkennen konntest, liegt hier alles in Schutt und Asche. Man hat die Gebäude eingerichtet und möbliert gelassen, um sowohl diverse Raketenlenksysteme unter realistischen Bedingungen zu testen, als auch die verheerenden Wirkungen diverser Sprengstoffe."

Während Karen sprach, weiteten sich Adams Augen. Er konnte gar nicht richtig fassen, was sie ihm da erzählte. „Ich wäre zwischen den ganzen Trümmern fast über einen verkohlten Arm gestolpert.", erwähnte er mit glasigen Augen. „Ich habe nicht gesagt, dass man die Forscher in den Umzug eingeweiht hätte. Denk mal drüber nach. Man will heute mit möglichst wenigen Kollateralschäden diverse Verbrecher gegen die Menschlichkeit zur Strecke bringen. Möglichst ohne die nebenan liegende Schule zu treffen oder den menschlichen Schutzschild, den der jeweilige Verbrecher vor sich her schiebt. Das will getestet werden - ein hehres Ziel, wenn Du mich fragst. Aber der Preis ist hoch, und ich will auch nichts beschönigen.

Aber aus diesem Grund hat man nicht nur leere Gebäude zerbombt, sondern auch gleich die Wissenschaftler geopfert. Sie wussten in den Augen der Leute ganz oben sowieso zu viel."

Als Karen diese Worte aussprach, sagte sie das ohne Glanz in den Augen. Sie war eine wunderschöne Frau, aber er fragte sich, ob sie vor einer Woche auch schon so ausgemergelt aussah, wie lange sie den Kampf bereits kämpfte und wann genau der Glanz aus ihren Augen verschwand. „Wie bist Du her gekommen? Ich meine, sieh mich an, ich habe mich durch den Wald gearbeitet, habe Mauer abgetragen, bin gekrochen, gelaufen, Fahrrad gefahren, ständig mit dem Gefühl, dass ich von irgendjemandem beobachtet wurde, ich bin völlig fertig. Warum bist Du nicht annähernd so hergerichtet?", platzte es aus ihm heraus.

„Alles zu seiner Zeit, ich erkläre es Dir. Am besten hörst Du mir zu Ende zu und stellst Deine Fragen dann, falls Dir was einfällt, kannst Du es Dir hier aufschreiben.“, bat sie ihn, während sie ihm einen Zettel und einen Stift bereitlegte.

„Der Test, an dem Du unfreiwillig teilnimmst, hat etwas mit Nanodrähten und Bewusstseinskontrolle zu tun. Man hat in langwierigen Tests herausgefunden, dass man mit Hilfe von direkt ins Gehirn implantierten Nanodrähten vieles im Kopf bewirken und steuern kann. Von einfachen Manipulationen im Denkverhalten bis hin zur Kontrolle von Körperfunktionen, Gedanken und sogar Kommunikation. Aus militärischer Sicht versucht man hier, einfache Soldaten zu züchten. Früher sagte man immer, die Kriege der Zukunft werden durch Raketen, Bomben und Drohnen geführt. Das ist aber nicht so ohne weiteres durchführbar. Solange man keine Roboter mit menschlichen Bewegungsabläufen erschaffen kann, braucht man immer auch leistungsfähiges, wenngleich absolut gedrilltes oder sogar möglichst willenloses Kanonenfutter, günstig in der Herstellung.“ Adam legte seine Stirn in Falten und lauschte Karens Ausführungen aufmerksam.

„Angefangen hat das Ganze mit Ratten. Es gab einen hiesigen Forscher, Professor Owen, der auf diesem Gebiet sprichwörtlich Wegweisendes geleistet hat. Ein anderer Kollege von ihm, Dr. Mattes, hat sich die Ergebnisse zu Nutze gemacht und diesen Test angelegt. Er wählte 200 Probanden aus, die hier auf diese Insel verschleppt wurden, dazu eine Handvoll erlesener Wissenschaftler, die auf ihrem Gebiet bereits einschlägige Erfahrungen vorweisen konnten, ein großer Militärstab und einen kleinen Geheimdienst.

Damit das Verschwinden der Menschen nicht aufflog, hat man das als ausgeklügelten wirtschaftlichen Test getarnt. Für den restlichen Teil der Erde sieht es so aus, als seien die Menschen hier, um zu beweisen, dass ein gutes Leben auch in einer Wirtschaft ohne Geld funktioniert. Laut den Fernsehberichten, Zeitungsannoncen und anderen Werbekampagnen, bekommen die Menschen hier kein Geld für ihre Arbeit. Sie tun es, um sich selbst zu verbessern, und erhalten dafür einfach Lebensmittel und weitere Annehmlichkeiten, wie Fernseher oder andere Luxusgüter. Da jeder alles haben kann, gibt es keinen Neid. Die Güter werden selbst hergestellt, die Versorgung mit einfachen Dingen wie Strom wird aus der Natur gezogen. Wir bauen hier Kaffee an, Getreide, Mais und alle möglichen anderen Produkte. Wenn etwas repariert werden muss, reparieren es die Fachleute dafür, soll irgendetwas erforscht werden, erledigen das die Wissenschaftler.

Es ist ein abgeschlossenes System mit ausgeklügelten Prozessen, welches wirklich zu funktionieren scheint – jedenfalls für die Beobachter, die ganze Welt. Es gilt bereits als erstrebenswertes Ziel, auf diese Insel zu kommen. Aber keiner weiß, dass wir alle nicht freiwillig hier sind. Ihr wurdet überzeugt, bis zu dem Punkt, an dem ihr euren Abschiedsbrief geschrieben hattet. Danach hat man euch betäubt, einen Nanodraht in Gehirn und Nacken sowie Rückenmark operiert und mit dem Stoff versorgt, der hier alles überhaupt möglich macht. Das Ganze ist leider nicht umkehrbar – bei der Entfernung würde man beim heutigen Stand der Wissenschaft den Probanden töten. Der Stoff, er heißt *Phase*, befindet sich derzeit im Stadium 4 und die Abkürzung kommt von (P)ermanente (H)irn (A)ssimilation (S)ubkutan, (E)ndgültig.

Der Nanodraht im Hirn ermöglicht elektrische Impulse und gezielte Beeinflussung aller Körperfunktionen. Das soll im letzten Stadium die vollkommene Gedankenkontrolle ermöglichen. Wir arbeiten bereits daran und stehen kurz vor dem Abschluss.

In der ersten Testreihe scheiterte man bereits im Stadium der Implantation. Die feinen Nanodrähte konnte man zwar erfolgreich ins Gehirn einweben, dieses antwortete seinerseits jedoch mit einem starken Abstoßungsmechanismus und drängte die Drähte wieder raus. Die dabei entstandenen inneren Blutungen töteten alle Probanden unter großen Schmerzen. Hier kamen die studierten Doktoranden ins Spiel. Diesen wurden natürlich keine Drähte ins Gehirn operiert und man setzte sie auch nicht unter Drogen, man erpresste sie schlichtweg.

Ich habe eine Tochter. Eines Tages kam sie nicht nach Hause. Stattdessen bekam ich Besuch von einem untersetzten Sonderling mit zwei ziemlich gut durchtrainierten Männern, die mir die Mitarbeit an einem sensationellen Mittel *anboten.* Im Gegenzug würde es meiner Tochter in der Zeit gut gehen. Andernfalls drohte man, sie umzubringen. Ich war spätestens nach dem Telefonat und den Videoaufnahmen schnell überzeugt.

So forschte ich also an den Chemikalien und fand bald ein Suppressivum, das den natürlichen Abwehrprozess des Gehirns stoppt und welches als *Phase 1* betitelt wurde. Die Drähte blieben somit dort, wo sie sein sollten, allerdings waren die erhofften Signale zwar ins Hirn des Probanden geleitet worden, jedoch zu schwach, um eine entsprechende Reaktion zu verursachen. Außerdem begannen die Versuchspersonen nach gewisser Zeit sich zu erinnern. Einige wollten fliehen. Sie mussten mit Waffengewalt gestoppt werden. Man entsorgte die Leichen und löschte eventuell vorhandene Erinnerungen von anderen einfach aus.

In der Weiterentwicklung der Chemikalien, *Phase 2*, schaffte man es, die sogenannte Sendeleistung so zu erhöhen, dass man zwar nicht präzise hören konnte, was der einzelne denkt aber man konnte ihm Gedanken einpflanzen.

Ein Meilenstein der Forschung – nun war es möglich, den Teilnehmern den Willen ohne Probleme einzupflanzen und sie denken zu lassen, was man wollte. In der Weiterentwicklung *Phase 3* konnte man dann auch körperliche Reaktionen erzeugen. Durch eine minimale Neupositionierung der Drähte war man in der Lage, von so genannten Basisreaktionen wie Kopfschmerzen bis zu Krämpfen oder Übelkeit und im Umkehrschluss natürlich auch Wohlbefinden etc. bei dem Probanden einzupflanzen.

Es sind ja eh alles nur biochemische Reaktionen im Kopf und nun konnte man sie nun kontrollieren oder nach Belieben hervorrufen.

Wir befinden uns mittlerweile in einem Stadium, *Phase 4*, in dem die Probanden absolut kontrolliert werden können und nur geringe bis gar keine Abwehrreaktionen mehr zeigen. Das Einzige, was man nach wie vor nicht - oder nur sehr vage - hören kann, sind die Gedanken des Probanden aber man kann durch Algorithmen die Gefühle analysieren und mittels Wahrscheinlichkeitsrechnung vorhersehen. Wenn Du zum Beispiel fliehen willst, bist Du vereinfacht gesagt aufgewühlt, gestresst, panisch, Dein Herzschlag beschleunigt sich, mehr Blut wird durch die Venen gepumpt, Adrenalin fließt. All das wird von den Drähten im Hirn abgefangen und erfasst. Der Algorithmus rechnet und serviert den Initiatoren des Projektes, was gerade passiert. Wenn man dann auf seiner Flucht auch gegen Übelkeit, Kopfschmerzen und allen möglichen körperlichen Reaktionen, die sie dir servieren, ankommt - wenn nicht beim unwegsamen Gelände Schluss ist, setzen sie dir als letzte Gewalt einfach einen Selbstmordbefehl in den Kopf und schon war es das mit Dir.

Auch die Erinnerungen kann man mittlerweile gezielt beeinflussen und sogar löschen oder einfach in den Hintergrund schieben. Das

Ergebnis der ganzen Forschungen siehst Du an Dir. Bevor ich Dir die Wahrheit gesagt hatte, warst Du ein glücklicher Mitarbeiter. Du bist morgens aufgestanden, hast genau die Nährstoffe sowohl in der Art als auch in der Anzahl zu Dir geführt, die für Deinen Organismus unter vorherrschenden Bedingungen zur Lebenserhaltung notwendig sind, bist zur Arbeit gegangen und irgendwann nach Hause gekommen. Du kannst es Dir vielleicht nicht vorstellen, aber in der richtigen Welt läuft das Leben komplett anders als hier. Die Mitarbeiter hier wissen es nicht mehr, aber normalerweise hat man als Mensch den Wunsch, sich mit anderen auszutauschen. Man möchte Leute treffen und mit ihnen über die eigenen Gedanken reden, lieben, eine Familie gründen und Spaß haben, man möchte lachen.

Wann hast Du das letzte Mal gelacht? Du kannst Dich nicht erinnern, richtig? Und das liegt nicht mal an den Drogen, sondern daran, dass Du, seit Du hier bist, noch nie gelacht hast, weil Du nicht lebst. Du bist nur eine leere Hülle, die das tut, was man ihr einpflanzt.

Wenn man für die Außenwelt einen neuen Werbespot drehen will, dann pflanzt man den Probanden einfach das Drehbuch ein. Durch die Nanodrähte sind sie in der Lage, die gewünschten Gefühle und Dialoge so echt rüberzubringen, dass selbst Hollywood den Hut lüften würde. Einige wenige hatten in den frühen Experimentierstadien bereits versucht, zu fliehen, sind aber kläglich gescheitert da sie nicht über die Kenntnisse verfügten, wie man die Bewusstseinskontrolle ausschalten kann."

Adam lehnte sich erschöpft zurück. So viele Informationen, so viele unglaublichen Fakten hatte er hier serviert bekommen. Konnte das wirklich alles stimmen? Es klang logisch und er konnte sich tatsächlich sehr gut vorstellen, dass das komplette Gebiet hier der restlichen Welt auf der Nase herum tanzt. Dass diese genau beobachtet, was hier passiert, und doch absolut nichts sieht.

Karen fuhr fort: „Dabei wird die ganze Anlage natürlich überwacht. Hier passiert nichts ohne dass die Initiatoren davon wüssten."

Sie erzählte Adam, dass sie eine Klasse-3- Mitarbeiterin war, die nur für die Forschung eingeteilt war. Durch das Druckmittel, was man gegen sie in der Hand hatte und dadurch, dass sie augenscheinlich gut mitmachte, hatte man ihr mit der Zeit mehr Freiheiten eingeräumt. Auch die Überwachung ihrer Person schränkte man weitestgehend ein, so dass sie lediglich sporadisch über Kamera überwacht wurde.

Sie machte eine Atempause und beobachtete Adam, der sie seinerseits gespannt fixierte und staunend da saß. „Aber wie hast Du es geschafft, dass die Kameras mich nicht verfolgen?“, fragte er sie und grübelte. „Hab ich nicht!“, rief sie erschrocken aus. „Ich habe eigentlich gedacht, dass Du aufgrund Deiner Hacker-Fähigkeiten einen Weg findest, die Kameras zu deaktivieren. Oder Du schleichst Dich vorbei oder was auch immer.“, sagte sie verunsichert und kontrollierte unbewusst die Tür hinter ihnen beiden.

Adam war verwirrt und bekam Angst. Wer hatte dann die Kameras deaktiviert und *Mara* diese Dinge sagen lassen, die dazu führten, dass er den Weg fand? Hatte ihnen jemand anderes geholfen? Oder hatte man sie beide bereits im Visier und wollte bloß herausfinden, was sie genau im Schilde führen?

Er war mittlerweile aufgestanden und ging wild im Raum umher. Immer wieder ließ er *Maras* Satz und all die anderen Umstände Revue passieren und fragte sich, was hier passiert war. Würde man gleich die Türen aufbrechen und sie beide gefangen nehmen? Er beobachtete Karen. Sie schien ebenfalls in einen inneren Monolog vertieft zu sein und streichelte dabei unbewusst ihr kleines Medaillon, was sie um den Hals trug.

Dann fasste sie anscheinend einen Entschluss und sah Adam mit festen Augen an. „Wir haben weniger Zeit, als ich dachte. Wir müssen davon ausgehen, dass wir aufgeflogen sind.

Wir befinden uns hier im Kellerbereich des B-Komplexes, dem K-Komplex. Man hat diesen Räumen diesen Namen gegeben, weil man auch Möglichkeiten trainieren wollte, wie man auf unterirdische Einheiten zugreifen kann. Ein weiterer Simulationspunkt war, dass man besonders gesicherte Räume infiltrieren kann ohne zu sprengen. Bei diesen Räumen hier wurden zusätzliche Verriegelungen angebracht, die nicht von Strom abhängig sind, um erschwerte Zugriffe zu simulieren, außerdem konnte über die Monitor sehen, was draußen vor sich ging.

Das Kamerasystem funktioniert zwar leider nicht mehr, da wir die Kameras draußen weitestgehend zerstört wurden, aber die Tür, durch die Du gegangen bist, birgt noch zwei weitere Verschluss-Mechanismen, die uns hier gegen Zugriffe von außen abschirmen würden. Am besten verriegelst Du diese Tür, ich erzähle Dir schnellstmöglich auch den Rest meines Plans und wir setzen diesen so schnell es geht um, statt auf den richtigen Zeitpunkt zu warten. Die Fragestunde müssen wir wohl auf später verschieben."

Mit diesen Worten hörten sie ein lautes Poltern über sich und zogen instinktiv die Köpfe ein. Mit weit aufgerissenen Augen verständigten sie sich und Adam rannte sofort los zur Tür. In seinem Zustand und unter Panik war es gar nicht so einfach. Schon verhedderte er sich in dem Stuhlbein, woraufhin der Stuhl krachend umfiel. Spätestens jetzt wusste also derjenige, der den Laut oben von sich gab, dass er auf der richtigen Spur war. Adam befreite sich mit einem unterdrückten Fluch und stürzte weiter nach vorne. Er wollte Zeit sparen und sich durch die nur halb angelehnte Tür drücken, doch diese bewegte sich mit seiner Bewegung mit und so donnerte er gegen den Türrahmen. Er lief so schnell es seine arg in Mitleidenschaft gezogenen Knochen zuließen auf die Tür zu, und versuchte, bereits im Laufen zu erkennen, von welchem Türschließmechanismus die Rede war, um gleich schnell zu sein. Es war zum einen ein schweres Hebelsystem. Der Hebel hing senkrecht neben der Tür. Beim Hochdrücken würde das Scharnier dafür sorgen, dass es sich in eine waagerechte Position begab und dann in die Haltevorrichtung glitt. Doch der Hebel war extrem schwer.

Als Adam an der Tür angekommen war, musste er seine gesamte Kraft aufwenden, um ihn in die richtige Position zu drücken. Zwei Mal rutschte er ab und verkantete den Hebel. Das Scharnier hätte dringend eine Ölung nötig. Beim dritten Versuch schaffte er es und der schwere Hebel fiel mit einem lauten Poltern auf die Halterung herab. Jetzt hatte die Tür zusätzlich zur Codierung – und der schlechten Beleuchtung oben – bereits eine schwere zusätzliche Sicherung. Die zweite Vorkehrung bestand aus einer Sicherungsstange, die man mit Luftdruck oben und unten gegen Decke und Boden schießen konnte, und die dafür sorgte, dass die Tür erhöhtem Druck von außen standhalten konnte. Auf dem Weg zur Tür sah er noch einen kleinen, simplen Keil, den man unter die Tür schieben konnte. Einfach, aber effektiv. Nachdem er die Tür gesichert hatte, holte er auch diesen und steckte ihn unten fest.

Als Adam mit der Sicherung fertig war, versuchte er krampfhaft, seinen Atem zu beruhigen. Von der ganzen Anstrengung pochte sein Herz so laut und schnell, dass er glaubte, es würde ihn zerreißen. Er sackte an der Tür herunter, versuchte, langsam zu atmen, und lauschte mit einem Ohr an die Tür gepresst nach außen. Da, ein Geräusch. Als ob etwas oder vielleicht eine Hand an der Tür entlang wischte, um diese besser einschätzen zu können. Karen war in der ganzen Zeit näher an die Tür herangekommen, um Adam eventuell zu helfen. Jetzt sahen sie sich beide in die Augen und kommunizierten über Blicke, dass sie es beide gehört hatten. Luft anhalten. Keiner von beiden wagte es zu atmen. Außen war alles still. Drinnen hörte man nichts.

Für etwa drei Minuten verharrten sie beide an der Tür. Karen war noch einen Schritt näher herangeschlichen zu ihm hinab gesunken. Es wirkte ein wenig, als würden sie die Tür zusätzlich sichern wollen, indem sie beide ihre Körper dagegen warfen. Sie waren einander ganz nah und blickten sich in die müden und abgekämpften Augen. Drei Minuten lang, die ihnen wie eine Ewigkeit vorkam, hörten sie keinerlei Geräusche. Also bedeuteten sie sich, langsam aufzustehen und sich in den Raum zurück zu schleichen.

Sie schlossen die Zwischentür nicht, um sehen und hören zu können, wenn dort irgendetwas passierte, und unterhielten sich im Flüsterton weiter. „Wie will man das alles erklären, wenn die Forschung abgeschlossen ist und wie kommen wir hier wieder raus?", wollte Adam nun wissen. „Adam, wenn man *Phase 5* erstmal abgeschlossen und perfektioniert hat, ist die Massenherstellung schnell im Gange. Kurzfristig wird genau ein Land mit der Droge versorgt und mittelfristig kannst Du Dir vorstellen, was passiert. Wir reden hier von der Auslöschung der Menschheit, ganz gleich unter welchen Absichten. Wenn man Menschen kontrollieren kann, ist es das Ende der freien Welt, wahrscheinlich nicht nur der freien. Wir müssen das verhindern. Ich habe hier alle Forschungsergebnisse, diverse Fotos, die Aussagen von mir und dem Professor, sowie geheime Dokumente auf einem USB-Stick. Wir müssen dafür sorgen, dass dieser in die richtigen Hände gelangt. Wir haben nur eine Chance.

Da das hier eine Insel mitten im Pazifik ist, die leider keine Inselgruppen oder dergleichen in der Nähe hat, müssen wir versuchen, auf eines der Versorgungsschiffe zu kommen. Ich wurde zunächst auf eines dieser Schiffe gebracht und von dort mit dem Hubschrauber herüber geflogen. Das ist die normale Vorgehensweise.

Ab und zu legt jedoch auch ein Versorgungsschiff direkt an, welches die Insel mit diversen Zulieferteilen beliefert. Zunächst einmal müssen wir also ungesehen in den Komplex kommen.

Das ist das Hauptgebäude, welches den einzigen Zugang zur Außenwelt darstellt. Wenn wir da durch kommen, haben wir eine sehr kleine Chance auf einen Hubschrauber. Das Problem ist, wir können ihn nicht fliegen, so dass wir einen Piloten finden müssen, den wir mit Gewalt dazu zwingen müssen, uns hier weg zufliegen. Um überhaupt erstmal so weit zu kommen, müssen wir die Chemikalien in Deinem Kopf neutralisieren und durch andere ersetzen, denn tun wir das nicht, wird Dein Körper anfangen, die Drähte abzustoßen. Wir brauchen also eine Testreihe von früher - nur *Phase 2* verhindert sowohl die Abstoßung der Drähte als auch die Beeinflussung von außen. Momentan könnte ein einfacher Befehl dafür sorgen, dass Du einfach von innen verblutest oder den Wunsch in die Tat umsetzt, dich eine Klippe runterzustürzen. Das müssen wir verhindern.

Professor Owen lebt immer noch hier auf dieser Insel und wir müssen zu ihm gelangen. Ich kann Dir dafür leider nicht die Drähte entfernen, ich bin nur Chemikerin. Nicht mal ein normaler Chirurg könnte das – dafür benötigt man eine spezielle Ausbildung."

„Wie kommen wir an *Phase 2*?", wollte Adam wissen, der Karens Worten aufmerksam lauschte, aber gleichzeitig auch dachte, dass es mehr einem Himmelfahrtskommando glich. Selbst das angestrebte Ziel, also der Hubschrauber und die damit verbundene Aktion mit der Waffengewalt und dergleichen muteten doch wie an den Haaren herbeigezogen an. Es klang ein wenig, wie eine improvisierte Flucht à la James Bond, nachdem dort alles suboptimal gelaufen war. Hier aber sollte das die Quintessenz sein.

„Die Proben der Chemikalien sowie die Formeln der verschiedenen Phasen sind neben meinem Labor verwahrt. Allerdings komme ich da nicht rein – sie sind gesichert mit einem Computersystem. Hier kommst Du ins Spiel. Ich habe durch meine Arbeit Zugriff auf die Akten aller Probanden, zwar sehen sie alles, was ich tue aber solange ich einen Blick hinein rechtfertigen kann, kann ich alles über die Probanden erfahren.

In Deiner Akte steht, dass du vorbestraft bist wegen kleinerer Hacker-Arbeiten..." Adam blickte leicht beschämt zur Seite und stammelte sich schon so etwas wie eine Ausrede oder eine Beschwichtigung zurecht, doch Karen fuhr unbeeindruckt fort. „...ich hoffe also, dass Du in der Lage bist, uns ins System zu bringen und mir Zugang zu der *Phase 2-Droge* zu geben.

Ich könnte zwar geringe Mengen herstellen, die für ein bis zwei Ausflüge wie den jetzt hier reichen aber das ist verbunden mit starken Nebenwirkungen wie Du unter anderem am Nasenbluten erkannt hast. Bei längerfristigen Anwendungen treten häufigere Begleiterscheinungen auf und im schlimmsten Fall kippst Du einfach tot um, das können wir nicht riskieren. Das liegt daran, dass ich die Formel leider nicht genau kenne. Ich kann nur die Grundstoffe nehmen, die für alle Phasen gleich sind und auf den Forschungen von Professor Owen basieren, und diese mit Hilfe der Erkenntnisse ergänzen, die ich über die Zeit der Forschung an den anderen Phasen gewonnen habe.

Bis jetzt hat es funktioniert aber es wird immer minimale Abweichungen geben. Ich kann nirgends etwas notieren und muss alles aus dem Gedächtnis machen, damit mir über das Kamerasystem keiner zusieht und mich erwischt. Ich brauche also dringend das originale Zeug. Sobald ich dieses habe, kann ich Dich damit aus dem System nehmen. Wenn wir das geschafft haben, werden wir uns genau hier wieder treffen. Von hier führt ein Pfad zu einem Haus von Professor Owen"

„Ist er wirklich ein Freund?" „Ja, wenn man Kinder von mehreren Wissenschaftlern entführt und sie erpresst, können daraus, wenn man nicht aufpasst, Freundschaften oder Leidensgenossen mit gleichen Interessen, also Bündnisse entstehen – nenn es wie Du willst."

„Und der hilft uns?" „Professor Owen ist quasi so etwas wie der Urvater dieser Chemikalie und es tut ihm schrecklich leid, dass seine ursprünglich lauteren Absichten so sehr missbraucht wurden und sogar die Menschheit gefährden. Er ist allerdings auch schon sehr alt.

Aber durch sein Wissen und seine Forschung ist er immer noch extrem wichtig für die ganze Einrichtung und den möglichen Erfolg.

Man gesteht ihm daher unter anderem auch ein gemütliches Haus außerhalb des Trubels zu. Sein Sohn wird in einer einigermaßen großzügigen Villa gefangen gehalten. Um den Professor bei Laune zu halten, ist es wenigstens ein angenehmes Gefängnis aber Professor Owen weiß auch, dass ein falscher Zug reicht, um seinen Sohn das Leben zu kosten. Bei meiner Arbeit an den Phasen musste ich ständig auf sein Wissen zurückgreifen und ihn fragen. In dieser Zeit fanden wir immer wieder den einen oder anderen unbeobachteten Moment, wie wir gewisse Informationen austauschen können. So weiß er, dass meine Tochter und die Kinder der anderen Wissenschaftler ebenfalls entführt wurden, um uns zur Kooperation zu zwingen und ich weiß, dass er durchaus noch den einen oder anderen Plan in der Hinterhand hat und dass er helfen wird, solange es seinen Sohn nicht gefährdet. Er hat sogar schon mal von alten Lagern gesprochen, in denen genug Material läge, die ganze Insel in die Luft zu sprengen, wir konnten das aber nie vertiefen und ich weiß auch nicht, wie weit es uns nützen würde.

Er lebt dort in diesem Haus unbeaufsichtigt. Wir besorgen uns von ihm die Zugangskarte, ohne die wir nicht in den Komplex kommen." „Weiß sonst noch jemand davon? Also von dem Plan?" „Niemand weiß es, das ist unsere einzige Chance. Aber ich bin zuversichtlich, dass der Professor Ideen hat. Immerhin hat er mir bereits sehr viel geholfen. Er hatte mir den Tip gegeben, dass Du ein Querkopf bist, der genügend Köpfchen hat, mir zu helfen. Durch ihn konnte ich den Lieferantenjob und andere Jobs bekommen, damit ich in Deine Nähe kam und Dich beobachten konnte. Nur so war es mir möglich, den richtigen Arbeitsalgorithmus zu finden, nach dem sie Dich einteilen und anhand dessen ich den richtigen Zeitpunkt fand, Dich abzufangen.

Er würde gerne so etwas wie eine Untergrundgruppe planen, eine Widerstandsbewegung, die versucht, das System hier lahm zu legen und die Welt vor allem hier zu retten aber ich fürchte, das ist noch ein wenig unausgegoren. Es gibt sicher auch nicht genug Probanden, die man auf diese Seite ziehen können, zumal man verflucht aufpassen müsste. Durch die permanente Analyse der einzelnen Personen würde man sonst schnell auffliegen. Außerdem müsste man viel von dem *Phase 2*-Stoff produzieren, alleine das wäre utopisch. Zum anderen müssen Wissenschaftler wie ich ja auch Forschungsergebnisse präsentieren, sonst würde man uns ersetzen. Früher oder später wird die Phase abgeschlossen sein."

Karen seufzte. Sie hatte all ihr Wissen vor Adam ausgeschüttet und sich damit ein weiteres Mal die Ausweglosigkeit des Ganzen vor Augen geführt. „Eigentlich wäre es wirklich das Beste, die gesamte Insel mit allem in die Luft zu sprengen. „Okay... aber der Plan..." Er holte tief Luft und stieß diese angestrengt wieder aus. „...ist echt waghalsig. Und das sage ich, obwohl ich ja scheinbar gar nicht alles von hier weiß!"

„Ich habe nie behauptet, dass mein Plan perfekt ist aber es ist eine Chance. Es ist besser für eine Chance zu kämpfen und sei sie noch so klein, als aufzugeben. Wir müssen den Professor überzeugen, dass er uns die Karte gibt und dass er mich deckt. Wir brauchen die Zeit um zu fliehen und unterwegs meine Tochter in Sicherheit bringen zu lassen. Aber vermutlich werden überall Kameras sein. Das ist dein Job. Du musst mir Zugang zu Phase 2 verschaffen und das Sicherheitssystem so zurechtbiegen, dass wir von 19:00 Uhr bis morgens 06:00 weder irgendwo gesehen, noch vermisst werden."

„Aber warum weiß ich noch alles übers Hacken?" „Weil man Dir die Erinnerung daran nicht genommen hat. Man hat dich wegen deiner Affinität zu solchen Dingen ausgewählt, damit man Leute hier hat, die die Computer bedienen können. Ab und zu schickt man dich sicher auch auf Erholung aber im Grunde genommen bist du meistens am PC. Man hat dir lediglich den Wunsch des Hackens und das Abrufen der Erinnerung genommen. Sobald du die Pille einwirfst, ist die Blockade temporär weg. Versuch es mal, erinnere dich ans Hacken…du bist schon einige Zeit unblockiert."

Stimmt, sie hatte Recht, er erinnerte sich an einige Dinge wie Linux Befehle sowie ganze

Reihen davon, Statusabfragen, Trojaner, die er mal geschrieben hatte. Aber das führte ihn auch gleich zum Problem. „Wenn ich mich irgendwo reinhacken sollte, brauche ich ein paar Programme dazu.“, merkte Adam achselzuckend an.

Mit einem breiten Grinsen wedelte sie mit einem USB-Stick vor seiner Nase herum und sagte nur: „Hier, Dein alter USB-Stick, hilft der?“

„Wow, wo hast Du den her?“, fragte Adam staunend.

„Bei meinem Zugang zu den Akten sind auch die alten persönlichen Dinge, die man mit sich herumtrug als man hierher gebracht wurde und mit denen normalerweise niemand was anfangen kann und die niemand je finden soll.“

Nachdem sie alle weiteren Einzelheiten des Plans besprochen hatten, sollten sich ihre Wege trennen. Da sie lange weder ein Geräusch, noch ein Poltern an der Tür oder sonst irgendwas gehört hatten, beschlossen sie beide, die Tür langsam und leise zu öffnen und sich auf den Weg zu machen. Sie hatten eh keine Wahl. Selbst wenn sie hier drinnen bleiben würden, würde es irgendwann auffliegen und man würde erst recht nach ihnen suchen.

So schoben sie also den Keil und die Hebel zur Seite und öffneten mit angehaltenem Atem die Tür. Sie lauschten in die schwarze Stille hinein und schlichen langsam und vorsichtig die Treppe hoch. Oben angekommen blieben sie wie erstarrt stehen und wagten nicht, sich zu bewegen. Auch hier versuchten sie alle Sinne auf Geräusche oder Bewegungen zu konzentrieren, auch wenn das bei den Lichtverhältnissen ziemlich schwierig war. Doch es passierte nichts. Es war immer noch absolut still.

Es stellte sich nur die Frage, ob das nicht eigentlich viel bedrohlicher war.

Sie passierten die Häuser in Richtung Wald und rannten von dort aus zu der Mauer, von wo sich ihre Wege dann trennten. Adam hatte angenommen, dass Karen sich hier eventuell vor ihm Zugang verschafft hatte, aber dafür waren ihre Klamotten viel zu sauber. Sie erklärte ihm, dass es noch einen anderen Weg gab, an dem eine unkontrollierte Schranke war.

Diesen Weg hatte sie auch eigentlich für ihn vorgesehen, aber er hatte ja glücklicherweise den Mauerdurchgang gefunden. Auch sie fragte sich jedoch in Anbetracht der Fußspuren, wer hier vorher das Loch gegraben hatte.

Nachdem Adam die Mauer passierte und zu seinem Fahrrad gelangte, schwang er sich drauf und stellte erleichtert, wenn auch verwundert fest, dass zum Einen sein Navigationssystem wieder den richtigen Weg nach Hause anzeigte und zum Anderen auch auf der Rücktour wieder sämtliche Kameras kurz vor seinem Eintritt in deren Sichtfeld den Dienst versagten. Mit einer weiteren Pille inklusive Nasenbluten schaffte Adam es pünktlich und völlig übermüdet ins Bett. Bereits in wenigen Stunden sollte er schon wieder von der süßlichen Stimme *Maras* geweckt werden, die ihm auf einmal gar nicht mehr so süß vor kam...

Der nächste Tag

Er war an dem Tag in der Beschaffung eingeteilt. Hier sorgte man für Nachschub für jegliche Maschinenteile, wenn mal irgendwo etwas defekt war, organisierte einen Boten mit Ersatzhardware, wenn an einem Arbeitsplatz irgendwo ein Teil ausfiel, schickte Techniker und hatte sogar Zugriff auf die Bedarfsartikel der Probanden. Wenn man jemandem einen Streich spielen wollte und ihm statt der zwei Brötchen vielleicht zweihundert schicken wollte, so hatte man hier den richtigen Platz.

Adam bearbeitete seine Programme und dachte dabei weiter darüber nach, was Karen ihm erzählt hatte.

Wie er erfahren hatte, war das Projekt hier getarnt als Wirtschaftsexperiment. Für den Rest der Welt wurde es so geschmackvoll beschrieben, dass es sogar erstrebenswert war, in diese Gemeinschaft aufgenommen zu werden. Man konnte sich sogar darum bewerben. In Flyern und Werbeanzeigen wurde den restlichen Menschen eine Welt beschrieben, die sie so nicht kannten. Die Anzeigen lauteten:

In einer Welt, in der Sie sich auf der ständigen Jagd nach Geld befinden, wo alles Geld kostet und man sogar Steuern für Dinge zahlt, die eigentlich umsonst sind, haben wir die Lösung.

Wir holen Sie aus allem heraus. Arbeiten Sie Ihren Fähigkeiten entsprechend, leben sie im Luxus. Seien Sie ein Teil von einem der größten Experimente der Welt und beweisen Sie mit uns: Es geht auch ohne den schnöden Mammon. Ihnen winkt ein Luxusappartement in einer wunderschönen Oase. Leben und arbeiten, wo andere nicht mal Urlaub machen können. Bewerben Sie sich jetzt!

Man schaffte es tatsächlich, mit entsprechender Berichterstattung der Welt weiszumachen, dass die Menschen hier nur arbeiteten, um sich selbst zu verbessern und mehr zu können. Lohn für die Mühen sei außer Wissen und unbegrenzten Zugang zu allen Büchern dieser Welt ein luxuriöses Dach über dem Kopf, delikateste Nahrung, sowie alles, was man sonst so braucht gewesen. Selbst Fernseher, eigene Shows oder Streamingdienste waren kein Problem.

Man versuchte sogar zu beweisen, dass die Menschen produktiver wären, indem sie länger und besser in ihrem Job arbeiten würden, der gleichermaßen ihrem Können und auch ihren Interessen entsprach.

Sie seien zufriedener und nebenbei verringerte man sogar noch den CO2-Ausstoß. Des Weiteren wirke man positiv auf dutzende anderer Klima- und Umweltspezifischer Themen, da die hier vorherrschende Regierung nicht von einer Geldmaschinerie oder falschem Lobbyismus gebremst wurde, sondern im Prinzip einfach tun konnte, was sie wollte.

Hier gab es keine Fleischindustrie. Die Tiere wurden nur gehalten, um Tierprodukte zu erzeugen, diese aber im Voraus berechnet.

Eine Kuh produziert rein natürlich ein gewisses Maß an Milch und hat bestimmte Futtergrundbedürfnisse, wenn man diese mit qualitativ hochwertigem Futter befriedigte und ihr genügend Weidefläche und andere Annehmlichkeiten gab, würde man auch hervorragende Milch erhalten. Ebenso liefe es mit Hühnern und allen anderen Nutztieren.

Da es hier nicht mehr darum ging, dem gleichen Tier täglich möglichst auch den letzten Tropfen heraus zu arbeiten, um den Gewinn zu maximieren, sondern allenfalls darum, bei kontrolliert vorhandener Anzahl an Menschen den Bedarf zu decken, gab es hier keinerlei Probleme in den Haltungsbedingungen.

Alles, was man für dieses Projekt brauchte, war genug Platz, um es repräsentativ zu gestalten. Auf dieser Insel waren große Landmassen vorhanden, um eine kleine Zivilisation Stück für Stück zu simulieren, es gab hier Strom durch Sonnen-, Wind- und Wasserkraft, für den niemand zahlen musste.

Natürlich wurde das öffentliche Leben angeblich nicht begrenzt. Es gab Freizeit-Aktivitäten wie Sport oder Restaurants und es gab ebenso Beziehungen, die sich aus dem täglichen Miteinander entwickeln. Allerdings wurde hier alles transparent gemacht. Die

Regierung wusste, wer mit wem verbandelt war, die Leute willigten freiwillig in die Geburtenkontrolle ein, weil sie wussten, dass nur durch diese Kontrolle letzten Endes der Fortbestand und die Weiterführung des Systems gesichert werden. Wahrscheinlich hätten die Menschen sogar den Nanodrähten, Chemikalien und Gedächtnisverlust zugestimmt, wenn sie davon gewusst hätten.

Sie sorgen dafür, dass ich innerlich verblute wenn ich mal nicht so will, wie Sie, dafür wird mir aber nicht ständig schlecht, wenn ich Zeitung lese und sehe, welche Kriege oder Nöte, Tod und Krankheit allgemein vorherrschen?

Kein Problem, wo soll ich unterschreiben?

Natürlich warf die übrige Welt immer wieder einen Blick auf die Insel und versuchte, alle als Lügner zu entlarven, damit die Menschheit aufhörte, an den Methoden zu zweifeln und weiter brav ihre Steuern zahlte. Und man wollte wissen, ob auch sonst die *im wahrsten Sinne des Wortes* bitteren Pillen geschluckt wurden, die man ihnen so zuwarf. Es musste alles hieb- und stichfest präsentiert werden.

Der Rest der illegalen Experimente fand im verborgenen statt. Die Betreiber wussten, dass wenn sie *Phase 5* erst einmal abgeschlossen hatten, würden sie eh die ganze Welt kontrollieren können.

Adam war fassungslos. Wie ungeheuerlich der Plan auch war, so genial war er. Den Menschen wurde eine plausible Erklärung für ein waghalsiges Experiment geliefert und ihnen wurde in viele, aufschlussreiche Zahlen Einblick gewährt. Mittlerweile gab es sogar Statistiken in den größten Zeitungen über Verbräuche, Produktivität und andere Zahlen. Es gab ferner ein Computerspiel mit dem ironischen Namen Phase 5, bei dem man genau das spielte, was sich hier angeblich abspielte. Ganz angelehnt an die Theorie des Professors. Je offensichtlicher, desto verborgener. Ein riesiges Programmierer-Team hatte sich mit der Umsetzung auf diversen Plattformen bemüht und nach den Anweisungen der Regierung ein wahres Meisterwerk mit Antworten auf alle Fragen, die die

Menschen so haben könnten, entworfen und allen zur Verfügung gestellt. Natürlich nicht kostenlos, das ginge nur auf der richtigen Insel. Die Menschen waren zufrieden, man hatte ihnen eine Wahrheit serviert, die sie gerne glauben wollten und sogar als erstrebenswert betrachteten. Und deswegen waren sie beruhigt, sie betitelten die Macher als durchgedreht und größenwahnsinnig aber je offensichtlicher ihnen alles zur Verfügung gestellt wurde, desto weniger interessierten sie sich dafür oder kamen auf dumme Gedanken. Die paar kritischen Fragen aus der Presse wurden entweder eines Besseren belehrt, mundtot gemacht, diskreditiert oder einfach ins Programm aufgenommen. Die Sache schien zu funktionieren.

Adam starrte weiter auf seinen PC und versuchte gleichzeitig, offensichtlich für die Kameras zu arbeiten, während er sich um mögliche Taktiken kümmert, die einen Einstieg in das Netzwerk brachten. Das Insel-eigene System basierte auf Linux und war somit eigentlich bestens geeignet, um mit all seinen Programmen auf dem USB-Stick perfekt zu harmonieren. Hier konnte man Maschinen- oder auch Ersatzteile aller Art bestellen, es musste also mit dem Zentralcomputer verbunden sein und über den einen oder anderen Umweg musste es ihm möglich sein, Reichweiten-abhängig auf alle Netzwerke zuzugreifen. Durch die Droge konnte das System nicht mitbekommen, mit welchen Plänen er sich befasste. Er überlegte fieberhaft, wie er möglichst ungesehen seinen USB-Stick in den PC stecken konnte, und entschied sich letzten Endes dazu, sich beim Gähnen zu strecken und dabei einen Kugelschreiber vom Tisch rollen zu lassen. Den Stick hatte er vorher in seine Hand genommen. Er bückte sich, hob den Kugelschreiber auf und gab vor, sich dabei am PC abzustützen. Dabei betete er, dass er den Stick richtig herum in der Hand hatte und ihn mühelos in den Slot stecken konnte. *Klick. Geschafft.* Bei einer Insel voller willenloser Arbeiter rechnete man wahrscheinlich eher weniger damit, dass hier ein waschechter Hacker seine Arbeit verrichtete. Und so verschaffte er sich erstmal einen Überblick übers Netzwerk, indem er den angeschlossenen WLAN-Stick in den Monitor

Mode stellte. Er sah auf einer Liste nun mehrere Netzwerke angezeigt. Wie Karen gesagt hatte, befanden sich die Versorgungsgebäude in unmittelbarer Nähe zu den einzelnen Forschungseinrichtungen und so war es relativ schnell möglich, das Chemiegebäude ausfindig zu machen.

Zunächst einmal zwang er alle Geräte dieses Netzwerkes dazu, sich abzumelden und neu zu verbinden. Er hoffte einfach mal, dass die gerade arbeitenden Chemiker entweder in dieser Sekunde nicht gerade aufs Handy guckten, wo sie dann sehen würden, dass sie kurz das Signal verlieren oder dass sie durch ihre Affinität zur stofflichen Welt keine Restambitionen zur Technikwelt haben.

Wie dem auch sei, bei der Wiedereinwahl ins System fing er einige entsprechende Hashwerte ab. Bei einem seiner letzten Arbeitstage hatte ein Mitarbeiter ein Problem mit der Verbindung, so dass man ihm über einen Boten einen neuen USB-Stick zukommen ließ. Auf dem Stick war der Key aufgedruckt, eine 4-stellige Zahl mit den ersten beiden Buchstaben vom

Arbeitsbereich in einem Wort, 1. Buchstabe groß.

Bei so vielen WLAN Keys wird man höchstwahrscheinlich ein immer gleiches System bei der Vergabe nutzen. Adam ging also davon aus, dass der Code für das Chemielabor ein 4-Stelliger Zahlencode mit den Buchstaben CH war, startete Hashcat von seinem USB-Stick und versuchte sein Glück. Um das Ganze ein wenig zu beschleunigen, wählte er für die Berechnung die Recheneinheit seiner Grafikkarte, die GPU. Nach wenigen Sekunden hatte die Grafikkarte die 10^4 Möglichkeiten durch und den Code des verschlüsselten Hashes geknackt. Er bekam Zugriff auf das Netzwerk.

Nun suchte er nach einer Datei, die Karen den Zugriff auf die Nachbartür gewährte und wurde schnell fündig. In einer simplen Textdatei waren mehrere Zahlenkolonnen mit Beschreibungen hinterlegt. Spätestens bei Begriffen wie *SO-Frontdoor* oder *NW-Backdoor* war klar, dass dies die richtige Datei sein musste. Er suchte einen Hinweis auf die entsprechende Tür und stieß auf den Begriff LabArch. Da alle anderen Begriffe nicht wirklich richtig sein konnten, hoffte er, dass es dieser war und merkte sich die 6-stellige Nummer. *Jetzt nur nicht vergessen…*

Doch durch sein wieder erreichtes Wissen übers Hacken und die damit einhergehende künstlerische Freiheit war er noch nicht am Ende mit seiner Vorstellung. Die Übernahme seiner *Mara* durch wen auch immer und das damit verbundene Senden der Botschaft, wie er den Weg zu dem Treffen mit Karen am besten schaffen sollte, hatte ihn inspiriert. Denn wie Karen den Zugangscode zur Tür übermittelt bekommen sollte, war leider auf der langen Liste der Improvisationen zu finden.

Auch Karen würde wahrscheinlich so einen Haushalt mit Computerbutler haben, also müsste es auch von hier zu schaffen sein, dass diese ihr eine Nachricht zukommen lässt. Da es sich hier um einen riesigen Wortschatz mit nahezu allen bekannten Wörtern und damit verbundenen Massen an Algorithmen für die Intonation handeln musste, wurde diese künstliche Intelligenz mit Sicherheit durch eine zentrale Datenbank gespeist.

Diese zentrale Datenbank wiederum würde jeder Planer solcher Anlagen möglichst im Zentrum des Komplexes mit kürzesten Wegen zu den Versorgungseinrichtungen platzieren. Er hoffte also, dass er von hier das Kunststück schaffte, sich in das Hirn der ganzen Einrichtung zu hacken. Er suchte also alle ihm bekannten und für ihn sichtbaren Zugangspunkte durch, probierte diverse Methoden aus und ging sein gesamtes wieder erlangtes Wissen durch. Aber schlussendlich erkannte er: Er hatte leider keine Chance. Wenn man auch nicht vermutete, dass ein Hacker versuchen würde, sich Zugang zum System verschaffen wollen würde, so hat man trotzdem diverse Möglichkeiten etabliert, jemanden daran zu hindern. Die entsprechende Datenbank war verdammt gut versteckt.

Er brauchte einen Plan B.

Gefrustet hämmerte er erstmal weiter auf der Tastatur herum und bearbeitete seine Aufträge, während er überlegte, wie er der Lage Herr werden sollte. Er stellte sich vor, einen Boten zu schicken, der Karen eine Datei oder ein Schriftstück überbringen sollte, beschloss aber, dass dies zu riskant sei, und verwarf den Gedanken wieder. Dann, als er erneut resignierend gegen die Wand starrte, kam ihm der rettende Einfall. An seinem ersten Tag hatte *Mara* ihm empfohlen, Sonnenschutz mit Lichtschutzfaktor 20 aufzutragen. Hierbei handelt es sich um nichts, was eine Bestellung auslöst und andere stutzig machte. Er würde einfach die Wettervorhersage prüfen und den damit verbundenen Wert auf den sechsstelligen Code ändern. Dann würden zwar alle an dem nächsten Morgen damit begrüßt werden aber eben auch Karen. Da sie an diesem Tag mit einer Botschaft rechnet, würde sie es einfach nur verstehen und höchstwahrscheinlich ein kleines Lächeln hervorbringen. Die Möglichkeit, dass jemand den Code erkennt und entsprechende Schlüsse zieht, war doch eher gering und selbst, wenn jemand die Datei zurück ändert, er würde lediglich denken, dass sich entweder jemand einen Scherz erlaubt hat oder einen Computerfehler vermuten. Es war ein genialer Plan.

Am Ende des Tages trat er den Rückweg an. Das von *Mara* vorgeschlagene Abendprogramm schlug er aus, er war viel zu erledigt, hatte durch die Nebenwirkungen des Medikaments von Karen mit immer stärker werdenden Kopfschmerzen, vermehrt auftretendem Nasenbluten und Gleichgewichtsproblemen zu kämpfen und wollte einfach nur schlafen. Er legte sich um 21:00 Uhr ins Bett und fiel sofort in einen tiefen, traumlosen Schlaf.

Karen

Am nächsten Morgen war Karen bereits vor dem Wecker wach. Sie war fertig geduscht und angezogen und hatte ihre so genannte Fluchtkleidung einfach unter ihren gelb farbigen Arbeitsanzug gezogen, der sie als Wissenschaftlerin auswies. Ihre Computerstimme *Wesley* summte ihr den morgendlichen Weckeinheitsbrei vor und zauberte ihr die obligatorischen Brötchen an die Türklinke.

Sie war gerade dabei, die Kaffeemaschine misstrauisch zu beäugen, als statt der wohltuend warmen Flüssigkeit lediglich dicke, Brühe-artige und kalte Masse aus der Ausgabe in ihre Tasse plumpste.

Mit verzogenem Gesicht, betrieb sie weiter Morgenroutine, als *Wesley* ihr zu dem herrlich sonnigen Wetter einen Sonnenschutz mit *Lichtschutzfaktor 645531* empfahl.

Da sie glaubte, sich verhört zu haben, nahm sie an diesem Tag erstmalig das Angebot von ihm an, ihr den morgendlichen Weckruf erneut vorzuspielen. Wieder empfahl er ihr den gleichen *Lichtschutzfaktor 645531*.

Sie war anfangs völlig perplex, dann begriff sie mit einem leisen Schmunzeln, was hier vielleicht die Ursache dieser Fehlprogrammierung sein könnte, und merkte sich diese Zahl. Sie stieg wie gewohnt auf ihr Fahrrad und fuhr zur Arbeit.

Das Gebäude sah eigentlich aus, wie alle anderen auch. Es war ein grauer Klotz, der sich über 5 Stockwerke nach oben erstreckte. Rechts und links von der Eingangstür befand sich der gleiche kurz geschnittene Rasen, wie bei allen Gebäuden und auch dieser wurde von den typgleichen Robotern in Form gehalten. Die Fenster waren normal groß, symmetrisch angeordnet und der Putz war rau und einfach nur grau. Alle Gebäude hier vermittelten ein tristes Bild. Lediglich diejenigen, die für Kamera-Aufnahmen für die Werbung an den Rest der Welt zur Verfügung standen, waren ultramodern eingerichtet und todschick von außen. In der Anlage selbst, sollte keiner dazu eingeladen werden, bewundernd stehenzubleiben oder sogar Gesprächsstoff für seine Mitarbeiter parat haben. Es sollte einfach alles grau und langweilig sein. Fokus auf das Wesentliche.

Sie steckte ihre Karte in das Lesegerät und begab sich in ihr Forschungslabor. Die Gänge waren lang, mit grünem Linoleum ausgelegt und an strategischen Punkten mit einem kleinen Mülleimer geschmückt. Keine Pflanze, keine Bank, kein Kaffeeautomat.

Während die Werbeanzeigen den Leuten Lebensfreude und Glückseligkeit pur verkauften, schmetterten die wahren Umstände die normal denkenden und nicht von *Phase X* umsorgten Menschen hier mit einer brutalen Härte wieder zurück in die Realität.

Ihr Labor war modern. Sie kam zu ihrer Tür und zog erneut ihre Karte durch den Berechtigungsschlitz. Die Tür glitt zur Seite auf und ließ sie eintreten. Der erste Raum war etwa 20 qm groß und beinhaltete einen unscheinbaren Schreibtisch mit einem Computer, einen Schrank für Kittel und einen Aktenschrank.

Von diesem Raum gingen drei Türen ab. Die kleinere Tür machte den Weg frei zur Toilette und barg zusätzlich eine Duschmöglichkeit. Hier konnte Karen sich nach der Arbeit noch kurz abduschen und dann frisch nach Hause fahren. Das Wasser war allerdings nur lauwarm, wenn überhaupt und so nutzte sie diese Möglichkeit äußerst selten. Die zweite Tür führte in ihr Labor. Hier hatte sie einen zusätzlichen, riesigen Raum mit allem, was das Forscherherz begehrte. Es mangelt ihr hier an nichts.

Wenn die Projektinitiatoren Geld für irgendetwas ausgaben, dann für die zielgerichtete Forschung. Sie konnte sich noch genau an ihren ersten Arbeitstag erinnern. Sie tauchte hier von 2 Wachen begleitet auf, die dafür sorgen sollten, dass sie die Umstände verdammt ernst nimmt, und nichts anderes tut, als ihren Job. Diese Wachen würden nicht zögern, sie zunächst mit Gewalt zur Arbeit zu zwingen und im zweiten Schritt ihrer Tochter etwas anzutun. Sie war erschöpft, fix und fertig, unendlich traurig und gebrochen. Aber der WOW-Effekt, den sie hattem, als sie ihr Labor betrat, überkam sie dennoch und brannte sich fest in ihr Gehirn ein. Die dritte Tür war die geheimnisvolle Tür mit dem Namen 301 LAB-ARCH, welches in großen Lettern an dem Türschild prangte. Es war ebendieser Raum, der ihr das rettende *Phase 2-Original* verschaffen sollte, um Adam und ihr die Flucht zu ermöglichen und letzten Endes auch irgendwie die Welt vor sich selbst zu retten. Und es war auch dieser Raum, der eine eigene Kamera verdient hatte, die mit ihrem roten Licht erbarmungslos drauf los starrte und jeden Versuch von Unbefugten zum Scheitern verurteilen würde.

Sie zog ihren Arbeitskittel an, nahm sich ihre Schreibunterlage und Schutzbrille und schloss ihr Labor auf. Dann ging sie hinein und arbeitete zunächst vor sich hin, während sie fieberhaft überlegte, wie sie an die Tür kam. Wenn ihr nichts Geniales einfiel, würde sie sich der Kamera kurz von der Seite nähern und sie verhängen. Das war aber nur der Notfallplan – eine verhängte Kamera würde die Betrachter zwar im Unklaren lassen, was genau passierte aber dennoch die Wachen auf den Plan rufen. Sie hatte die Bewegungsabläufe die ganze

Nacht verinnerlicht und war ihren Notfallplan immer wieder durchgegangen.

Ein einziges Mal war sie in diesem Raum. Sie wurde von Dr. Mattes persönlich geführt, als dieser sie aufgrund ihrer aus seiner Sicht hervorragenden Entwicklung kennenlernen und motivieren wollte, schnell und effektiv *Phase 5* fertig zu stellen. An diesem Tag prägte sie sich die Lage der verschiedenen Aufbewahrungszylinder genau ein. Sie würde die Kamera verhängen, mit schnellen Schritten zur Code-Tastatur laufen und diesen eingeben. Dann würde sie sich in den Raum begeben, den Glaszylinder öffnen und *Phase 2* gegen eine Phiole mit Wasser austauschen. Wenn der Zylinder sich nicht einfach aufhebeln ließ, würde sie ihn zerstören und das Zeug einfach so einstecken. *Raus, Tür schließen, Kittel von Kamera nehmen.* Sie plante insgesamt eine halbe Minute bis maximal 45 Sekunden für die ganze Aktion und hoffte zum einen, dass in der Zeit niemand auf den Monitor blickte und zum anderen, dass die Zylinder nicht mit einem Alarm gesichert waren.

Im Kopf wiederholte sie nochmal kurz den sechs-stelligen Zahlencode und ging erneut den gesamten Ablauf der Aktion durch. Sie ging zurück in den ersten Raum und setzte sich an den Computer. Einmal noch kurz durchatmen, bevor es ums Ganze ging. Sie starrte auf den Monitor und ihre Forschungsergebnisse, während ihre Augen immer mehr verschwammen.

In diesem Moment realisierte sie, dass dieser Schritt, der erste von vielen sein würde, der ihr die Freiheit ermöglichte. Es wäre aber auch der erste Schritt auf dem langen Wege der Flucht. Ab dem Moment, in dem sie die Kamera verhing, ging sie das Risiko ein, dass man sie verfolgen und vielleicht sogar töten würde. Nachdem man ihr ganzes Wissen aus ihr herausgepresst hatte natürlich. Und viel schlimmer noch, mit dem schwungvollen Verhängen der Kamera und allen folgenden Aktionen würde sie das Todesurteil für ihre Tochter unterschreiben.

Mit weit aufgerissenen Augen starrte sie weiter auf den Monitor. Eine Träne drückte sich klammheimlich aus ihrem Auge und suchte sich ihren Weg durch die mikroskopisch kleinen Furchen auf ihrer Wange. Im Zickzack ran sie erst Richtung Nase, dann wieder zurück und immer weiter nach unten. Bis sie schließlich ihre Oberlippe berührte. So schmeckte der Scheideweg, salzig und traurig. Sie leckte sich die Träne von der Lippe.

Wenn ich es nicht tue, wird sie *Phase 5* ins Chaos stürzen und das Leben wie sie es kennt wäre auch vorbei. Ihr Todesurteil wurde also bereits unterschrieben.

Und mit diesen Gedanken stand sie auf, drehte sich und zog dabei ihren Kittel aus, mit dessen Hilfe sie schwungvoll und doch in gefühlter Zeitlupe die Kamera verhängte.

Gebäudeeinheit W14

Adam wachte auf. Seit er am Vorabend um 21:00 Uhr eingeschlafen war, hatte er in einem Zug durchgeschlafen.

Es war ein traumloser Schlaf, die üblichen Phasen von Tiefschlaf und leichtem Schlaf, bei dem das Gehirn eigentlich die Umgebung sondieren sollte, um zu ertasten, ob es wichtig wäre, jetzt aufzuwachen, waren irgendwie nicht vorhanden. REM-Schlaf? Fehlanzeige. Vielleicht war das dem allgemeinen psychischen Stress geschuldet, dem er nun deutlich unterlag. Immerhin hatte er in wenigen Tagen begriffen, dass sein Leben, so wie er es kannte, eine Farce war. Ein von einer Verbrecherbande geschaffenes Trugbild. Er war ein Gefangener, ein Sklave, der, nicht mal zum Wohle der Menschheit, ein Schattendasein fristete und, wie auch immer das Ergebnis dieses Projektes – er rümpfte die Nase und verzog abfällig das Gesicht, als dieses Wort in seinen Gedanken herumspukte – letzten Endes ausging, wahrscheinlich eh zum Tode verurteilt war.

Nein, normaler Schlaf war das nicht, er schlief einfach, er träumte nicht und sein Kissen war voller Blut.

Lange konnte er das nicht mehr durchhalten, aber glücklicherweise war für heute Nacht endlich die Flucht geplant. Er wollte mit dem üblichen Weckgesäusel von *Mara* aufstehen und in seine morgendlichen Routinen verfallen, da klopfte es an der Tür.

Man konnte vieles aus einem Klopfen lesen. War es stürmisch und wild, ein schnelles Klopfen? War es leise und zaghaft, war es mit den Knöcheln, mit der flachen Hand? Das alles konnte man hören, wenn man genau aufpasste, das alles waren Zeichen, mit Hilfe dessen man die Situation einschätzen und sich innerlich bereits vorbereiten konnte. Dieses Klopfen war hart, bestimmt und bedrohlich. Er konnte sich vorstellen, wie auf der anderen Seite jemand stand, die Faust immer noch an der Tür, der

Kopf leicht geneigt und gesenkt, um ihn herum beschworene Stille, die es ihm ermöglichte, selbst das kleinste Geräusch auf der Gegenseite der Tür zu erfassen und entsprechend zu reagieren. Es war das Klopfen desjenigen, der auf der anderen Seite mit Flucht rechnete. Eines, welches anzeigte, dass er aufgeflogen war.

Schnell ging er seine Optionen durch. *Sollte er weglaufen? Sich stellen? Scheiße, er war noch nicht mal angezogen.* Irgendwie beschlich ihn das Gefühl, dass er so eine Situation schon mal erlebt hätte. Er hatte sich gerade eben so ein Handtuch übergezogen und seine Nase tropfte auch schon wieder den Teppich voll. Es klopfte erneut. Adam war geliefert. Er sortierte alle Optionen und strich die unmöglichen aus seiner Gleichung. Schließlich beschloss er, dass es das Beste wäre, die Tür einfach erstmal zu öffnen und sich dumm zu stellen. Was auch immer da kommt.

Er ging leise zur Tür und presste sein Ohr dagegen, um auf der anderen Seite weitere Zeichen für das Anliegen des Klopfenden aufzunehmen. Er hörte nichts.

Wahrscheinlich tat man es ihm auf der anderen Seite gleich und so belauschten sie sich gegenseitig. Adam hatte die Hand bereits an der Tür und so beschloss er nun, die Klinke einfach zu betätigen. Auf der anderen Seite blickte ihn ein hochgewachsener Mann an, der von einer Truppe von fünf bewaffneten Schergen begleitet wurde, an. Er hatte eine hohe Stirn, tief liegende Augen und scharfe Gesichtszüge. Er blickte ihn freundlich an, gepaart mit einem süffisanten Lächeln, trug einen schwarzen Arbeitsanzug und die Markierung OBS1 prangte auf seiner Brust.

„PRB36, kommen Sie bitte mit." Adam blinzelte mehrmals, als würde er aus einem Traum erwachen, als der Mann ihn so nannte. Lange hatte ihn keiner mehr so genannt. Er wusste, dass diese Bezeichnung auf all seinen Sachen stand und dass auch die Mitarbeiter, mit denen er sich täglich die wechselnden Arbeiten teilte, angehalten waren, einander mit diesen Kürzeln anzusprechen. Aber sie zogen es eh alle vor, nicht miteinander zu reden. Sie wussten anscheinend schlichtweg nicht, über was. Die Männer nahmen ihn mit in ein ihm unbekanntes Gebäude. Unterwegs sprachen sie kein Wort. Weder erklärte man ihm, was sie vorhatten, noch unterhielten sie sich gegenseitig. *Es war kalt.*

Der Mann mit der Bezeichnung OBS1 saß ihm gegenüber und musterte ihn einfach nur, während er weiterhin dieses süffisante, bubenhafte Lächeln aufgezogen hatte. Wissend. Bedrohlich.

In dem Gebäude brachte man ihn in einen Raum, dem man scheinbar jegliche Wärme entzogen hatte. Selbst diese Art Wärme, die ein Raum mit dem Start seines Daseins als Raum naturgemäß erlangte, war hier nicht zu finden.

Ein grauer, kalter und trauriger Raum. Wie ein Spiegel, der alle Seelen dieses Ortes reflektierte.

Er war karg eingerichtet, es stand lediglich ein Tisch mit zwei Stühlen in der Mitte. Abgetrennt war der Raum durch vier Wände, von denen eine mit einem verspiegelten Fenster versehen war. Ein klassischer Verhörraum mit obligatorischer Kamera in der oberen rechten Ecke. Hier wich bereits beim Anblick des Raumes jedweder Widerstand aus den entsprechend mit- oder abgeführten Menschen. Der Rest wurde ihnen durch die beherrschende Tristesse gegeben, die harten Stühle, die blutig verwaschenen Stellen an der Wand und Kleinigkeiten, wie dem nicht angebotenen Kaffee.

Zunächst ließ man ihn dort zwei Stunden sitzen. Er wusste nicht, ob das gefühlte zwei Stunden oder tatsächlich vergangene waren, es fühlte sich zumindest an wie eine Ewigkeit. Man hatte noch nicht ein Wort gesprochen. Fragen von ihm, warum er hier sei, oder was man von ihm wollte, hatte man geflissentlich ignoriert. So fügte er sich seinem Schicksal und harrte der Dinge, die da kommen.

Nach der unendlich langen Wartezeit wurde die Tür laut aufgeschlossen und öffnete sich quietschend zur Seite. Der Mann mit dem schwarzen Arbeitsanzug kam langsam schlendernd hinein und schloss die Tür in Zeitlupe, was die bedrohliche Situation für Adam irgendwie gefühlt verstärkte. Er rückte sich in langsamen Bewegungen seinen Stuhl zurecht, während er die Stuhlbeine über den löchrigen Steinboden schleifen ließ und nahm Platz, als dieser die seiner Meinung nach finale Position mit der wahrscheinlich höchstmöglichen Bequemlichkeitsstufe erreicht hatte.

Er schlug die Beine übereinander, nahm die rechte Hand an sein Kinn und blickte Adam stirnrunzelnd an.

Eigentlich war Adam nur zum Weinen zumute. Er wusste nicht, was genau los war, hatte einiges zu verbergen und entsprechend eine Heidenangst, dass er aufgeflogen war. Nachdem der Mann etliche Minuten lang nichts gesagt und scheinbar einfach nur durch seine Stirn in seine Gedanken geblickt hatte, klopfte es an der Tür. Ohne eine Antwort abzuwarten, öffnete sich diese erneut, ein Mann mit einem grauen Arbeitsanzug kam herein, beugte sich zu dem anderen und flüsterte ihm etwas ins Ohr. Keine Regung machte sich in dem Gesicht des schwarzen Mannes breit. Er hörte einfach nur regungslos zu, selbst seine Handhaltung am Kinn veränderte sich nicht im Geringsten. Als der Graue fertig war, verließ er den Raum und sie waren wieder allein.

„PRB36, Adam, ein einfacher Mitarbeiter unserer wunderschönen Anlage.“, sagte er mit ruhiger Stimme. „Gefällt es Ihnen hier? Gefällt Ihnen Ihre Arbeit, die Annehmlichkeiten, die Sie durch Ihre Teilnahme hier haben, die Versorgung, die stets sichergestellt ist?“ Es klang wie eine Suggestivfrage, daher sagte Adam erstmal nichts. Er hatte immer noch keinen Plan, worauf das hier hinaus lief.

Da weiter nichts passierte und der schwarze Mann bereits wieder in seinen durchdringenden Blick verfallen wollte, hatte Adam gerade vor, die Fragen doch noch zu beantworten und sei es nur, um endlich diese zermürbende Stille zu unterbrechen. Da fuhr OBS1 fort.

„Sagen Sie nichts, es gefällt Ihnen. Es gefällt jedem. Wissen Sie, mein Job gefällt mir auch. Haben Sie eine Ahnung, was ich tue? Nein, wahrscheinlich nicht.“ Er streckte seine linke Hand und sah sich gelangweilt auf die Fingerspitzen, während er prüfte, ob seine Nägel akkurat geschnitten waren. Als er noch an einer Stelle des kleinen Fingers herummachte, fuhr er fort: „Wenn man so will, sorge ich hier für einen reibungslosen Ablauf. Ich achte darauf, dass alle PRB morgens brav bei der Arbeit an ihren zugeteilten Plätzen erscheinen, ich achte darauf, dass Sie brav nach Hause gehen und ich achte darauf, dass sie dort auch bleiben. Das ist das Gesamtgefüge, in dem ich mich wohl fühle. Mein Wohlfühlfaktor. Wissen Sie, ich mag meinen Wohlfühlfaktor."

Adam spürte Panik in sich aufkeimen.

„Es ist ein recht ruhiger Job. Ab und zu sehe ich mir Aufzeichnungen an und führe Überprüfungen durch aber alles in allem ist es doch recht unaufgeregt hier. Aber wissen Sie, was mich gerade beschäftigt?", er machte eine künstlerische kurze Pause und setzte dann gleich wieder mit einem überraschten „Nein?" an.

Er stand auf. Adam blickte ihn leicht panisch an. „Sie. Sie beschäftigen mich" Er schob seinen Stuhl zur Seite. Adam erschrak. Seine innere Stimme befahl ihm, sofort wegzulaufen. „Sie haben etwas zu verbergen." Er war jetzt hinter ihm und das Geräusch seiner Stimme näherte sich.

Sein Puls ging schneller, sein Atem beschleunigte sich. „Ich glaube, Sie schleichen sich nachts heraus.“ Sein Gesicht ragte jetzt an seiner rechten Seite vorbei, während er die Worte flüsterte. Er hatte blanke Angst. Er rüttelte mit den Händen an den Handschellen aber so sehr er sich auch bemühte, er bekam sie nicht frei. Seine Augen füllten sich mit Tränen. „Ich glaube, Sie wühlen sich durch Gräben.“, flüsterte er weiter, während er Adams Hand in seine nahm und seine Fingernägel abfällig betrachtete, die er nach seinem nächtlichen Ausflug und den damit verbundenen Ausgrabungsarbeiten weder gesäubert noch geschnitten hatte.

Der schwarze Mann war jetzt an seiner linken Seite und wurde immer leiser, so dass Adam alle Energie aufwenden musste, jedes Wort zu verstehen, und selbst kaum wagte, zu atmen.

Er atmete jetzt hörbar schwer und keuchte. Die Verzweiflung war ihm ins Gesicht geschrieben. Er suchte fieberhaft nach einem

Ausweg und bekam Todesangst, aber er fand nicht den geringsten Ansatz. „Ich glaube, Sie verbringen Ihre Nächte in kaputten Kellern." Er hockte jetzt neben ihm und streichelte Adam über die linke Wange. Dann öffnete sich die Tür, und ein Mitarbeiter in grau führte einen metallisch glänzenden Wagen hinein. Dieser war von einer schwarzen Stoffdecke verdeckt, so dass Adam nicht sehen konnte, was da drauf lag. Er konnte es nur ahnen… „Ich glaube, Sie machen noch andere Sachen während Sie arbeiten." Er sah ihm jetzt direkt in die Augen, während er mit sanfter Stimme weitersprach. Adam´s Nase fing wieder an zu bluten und so bahnte sich ein leichter, roter Fluss aus dem Nasenloch seinen Weg in Richtung Mund. Der schwarze Mann nahm nun seinen Kopf zwischen beide Hände und sprach etwa einen Zentimeter vor seinem Mund flüsternd.

„Ich kann es noch nicht beweisen und ich weiß noch nicht, was Du vorhast aber ich werde es erfahren. Ich werde es verhindern." Er nutzte jetzt das „Du" die Distanz zu Adam noch weiter zu verkürzen. Bei Adam brachen alle Dämme. Er schluchzte, wimmerte und der riesige Kloß im Hals, der sich in ihm gebildet hatte, sorgte für einen Sturzbach voller Tränen. Sie schossen aus ihm heraus. All die Anspannung der letzten Tage, all die Eindrücke, all das Wissen, seine in Frage gestellte Existenz, Karen, die Flucht, die Drogen, die Realität. Er weinte und schluchzte bitterlich. Der schwarze Mann nahm ihn in den Arm wie ein Vater und tröstete ihn. „Shhh…“, flüsterte er und streichelte Adam über den Kopf. Als Adam sich beruhigt hatte, nahm er wieder seinen Kopf in beide Hände. Dann tupfte er mit einem Taschentuch zärtlich das Blut unter seiner Nase weg. Mit der anderen Hand und einem weiteren Taschentuch trocknete er in Zeitlupe die Tränen, die sich mehrere Wege auf Adams Gesicht gesucht hatten. Seine geröteten Augen blickten ihn an. Sie waren von nackter Angst, Entsetzen und Fassungslosigkeit geprägt. Der OBS1 blickte ihm tief in die Augen und säuselte mit seiner leicht leiernden und einlullenden Stimme.

„Hör einfach auf!“

Dann löste er die Handschellen und bemerkte den panischen Blick mit den aufgerissenen Augen. Im Fokus dieser nackten Angst stand der Wagen. Der schwarze Mann wandte sich zum Gehen und zog, während er den Raum durchschritt, die Decke des Metallwagens langsam ab. Adam hatte es bereits vermutet, aber die erschreckende Erkenntnis bahnte sich erst jetzt einen Weg in seinen Verstand. Es waren diverse metallische Instrumente. Scheren, Messer, Skalpelle, Zangen, Spritzen, Phiolen mit Flüssigkeiten unterschiedlichster Farben.

Die nackte Angst drohte bereits, seinen Verstand dazu zu veranlassen, sich in seinem Kopf einfach einzuschließen.

Fort würde sein jetziges Leben sein. Sein Hirn sehnte sich nach einem normalen Ort ohne diesen ganzen psychischen Stress.

Vielleicht am Strand in einer kleinen Hütte. Er würde dort leben, vielleicht fischen, ab und zu ins Dorf gehen und mit einer Ariana, einer Magaly oder auch einer Gianna, bestenfalls sogar mit Karen gemeinsam geheime Trampelpfade erkunden, picknicken und sich aneinanderschmiegen.

Man könnte ihn wegsperren, während er in seinem Rollstuhl sitzt und sich sabbernd von einer Palmen-Oase zur nächsten träumt und sein neues Leben genießt.

Doch sein Verstand war noch nicht erschüttert genug, ihm diesen Gefallen zu tun.

„Ohh…keine Angst.“, unterbrach der OBS1 seinen inneren Konflikt. „Das ist nicht für Dich.“ Er bewegte sich weiter auf die geöffnete Tür zu und hielt ein letztes Mal inne.

„Wenn Du uns nicht sagen willst, was hier gespielt wird, ist das kein Problem. Man wird Dich jetzt ganz normal zur Arbeit fahren. Ich werde meinen Job weitermachen und Du Deinen.“ Er wartete ab. Dann grinste er Adam noch einmal verheißungsvoll an. „Bitte entschuldige mich jetzt, ich muss mich noch hübsch machen.“

Er kam mit drei Schritten wieder zurück auf Adam zu, während er sich nochmal zu ihm herunter beugte. „Ich treffe mich gleich mit einer Freundin. Eine hübsche Frau.“ Er verfiel in einen verträumten Ausdruck und seufzte theatralisch.

„So zierlich und zerbrechlich, sanftmütig. Mit einer kleinen Stupsnase und herrlich blauen Augen. Wie hieß sie denn noch?" Die Stimme in Adams Kopf erkannte es zuerst und schrie ihn an. KAREN.

„Karen? Ja, ich glaub, das war ihr Name. Schrecklich süßes Ding. Wir werden eine tolle Zeit haben. Haben Sie gewusst, dass wir hier auch alle Utensilien für eine Lobotomie liegen haben? Ist das nicht wundervoll? Bis bald, Adam."

Er hielt inne und fixierte Adam. Sein süffisantes Lächeln nahm Fahrt auf. Er grinste immer breiter und verfiel dann schlussendlich in ein irres Gelächter. Er lachte und lachte und kriegte sich gar nicht mehr ein. Während er mit seinen gelackten Schuhen und den harten, lauten Absätzen die Tür durchschritt, lachte er immer noch.

Er lachte, als er den Flur durchschritt und Adam glaubte, er konnte das Lachen immer noch hören, als er bereits im Auto saß und zu seiner Arbeitsstätte gefahren wurde.

Karen´s Labor

Schnell flitzte sie auf leisen Sohlen Richtung Tür. Sie gab die Zahlen der Botschaft von heute Morgen auf dem Zahlenfeld ein und sah zu, wie sich diese leise zur Seite schob. Sie betrat das Archiv und bewegte sich zielstrebig auf die Säule mit dem Behälter *Phase 2* zu.

Sie hoffte, dass sie den Zylinder nicht zerstören musste, presste die Hände rechts und links gegen das Glas und versuchte, ihn aus der leicht gebückten Haltung heraus nach oben zu schieben.

Und es funktionierte. Nach den ersten widerspenstigen Zentimetern glitt der Zylinder mühelos nach oben und gab die kleine unscheinbare Phiole frei. Wahrscheinlich rechnete niemand damit, dass hier jemand lange Finger machen würde. Sie nahm die vorbereitete Ersatzphiole mit dem Wasser aus der

Tasche und stellte sie stattdessen in die Halteklammer. Dann ließ sie den Zylinder wieder herunter gleiten und schob ihn die letzten Zentimeter nach unten. Bis er einrastete. Sie prüfte noch kurz, ob sie irgendwo sichtbare Fingerabdrücke hinterlassen hatte, war sich aber sicher, dass sie stets die Ärmel dazwischen geschoben hatte.

Als sie nichts fand, eilte sie zur Tür zurück, schritt hindurch und betätigte den Auslöser für den Schließmechanismus. Sie stürzte hinüber zur Kamera und zog ihre Jacke weg.

Gerade in dem Moment, an dem sie die Arme durch die Ärmel steckte, erschien ein Mann mit grauen Schläfen und schwarzem Arbeitsanzug an der Fensterseite, der in Richtung ihrer Tür unterwegs war.

Es gibt kein Zurück

Adam war fix und fertig. Nicht nur, dass der schwarze Mann ihn zum Weinen gebracht und darüber hinaus mit seinen merkwürdigen Taktiken an den Rand der Verzweiflung gebracht hatte, er hatte ihn nahezu zerstört.

Er hatte Wort gehalten und ihn in dem Zustand tatsächlich direkt zu seiner eigentlichen Arbeitsstätte für heute fahren lassen. Um den Überwachungscharakter und die totale Kontrolle weiterhin fest zu signalisieren, hatte er noch zwei Wachen direkt in dem Raum positionieren lassen, in dem Adam heute arbeiten sollte. Seine beiden Mitarbeiter wagten nicht, das in irgendeiner Weise zu kommentieren, und machten einfach still ihren Job.

Adam war weit weg davon, konzentriert zu sein. Er versuchte so gut wie möglich, die ihm für heute übertragenen Aufgaben zu erfüllen, driftete aber immer wieder ab. Einmal wäre er sogar fast eingeschlafen. Einer der Wachen musste ihn mit seinem Gewehr anstoßen, damit er es nicht tat.

Er war leer. Zu seiner Erschöpfung kam Verzweiflung hinzu. Der Ausweg, die Hoffnung, beides baumelte in den letzten Tagen vor seiner Nase wie die Karotte vor dem Esel. Karen hatte ihn aufgeweckt, ihm neue Träume geschenkt, ihm einen Sinn gegeben.

Und jetzt saß sie wahrscheinlich mit dem OBS1 in dem kleinen Raum und musste schrecklichste Folter über sich ergehen lassen, während er so gar nichts dagegen tun konnte. Er sackte immer wieder weg, aber er musste nachdenken.

Eigentlich hatte der OBS1 ihm unmissverständlich die letzte Warnung gezeigt, aber wenn alles, was Karen ihm erzählt hatte, wahr war, und daran gab es eigentlich keinen Zweifel, dann war er zum Handeln gezwungen.

Er war entmutigt, entmachtet und jeglicher Hoffnung beraubt worden. Er hatte schreckliche Angst um Karen, aber durfte das alles dazu führen, dass er weiterhin dieses Leben in einem Hamsterrad führt? Durfte es sein, dass er weiterhin diese Pillen schluckte und eine Marionette für ein fragwürdiges Projekt war?

Karen hatte ihm erklärt, dass mit der *Phase 5* wahrscheinlich jegliche Hoffnung für alle Menschen endete. Man könnte in baldiger Zukunft die gesamte Menschheit mit *Phase 5* überschwemmen und hätte alle Möglichkeiten.

Eine Armee? Ein willenloses Volk? Wie auch immer sich der Nutznießer entscheiden würde, letzten Endes wäre die Welt wahrscheinlich geliefert.

Dazu durfte es auf gar keinen Fall kommen. Er musste einen kühlen Kopf bewahren und durfte nicht verzweifeln.

Weder durch die Tatsache, dass Karen jetzt wahrscheinlich zu Tode gefoltert wurde, noch durch die finsteren Gesprächstaktiken, die ihn entmutigen sollte.

Adam begann quer zu denken. Wenn es jemanden gab, der Angst haben sollte, ja sogar musste, dann wäre es dieser schwarze Mann und alle, die über ihm sitzen und sich das bunte

Treiben hier anschauen. Er war sich sogar ziemlich sicher, dass sie tatsächlich Angst hatten, der Laden könnte auffliegen. Er musste weitermachen, denn jetzt ran ihm mit Sicherheit früher oder später die Zeit weg.

Da er sich sowohl körperlich als auch geistig wie ein Wrack benahm und nach außen hin weiterhin so präsentierte, als hätten die Gesprächstaktiken genau das bewirkt, was sie sollten – und da er auch kein Fahrrad vor Ort hatte und man nicht wollte, dass er weiterhin frei draußen herumläuft, Kamera hin oder her – eskortierte man ihn zum Auto und brachte ihn dann zu seinem Haus.

Dort angekommen bereitete Adam sich schnurstracks auf seine Flucht vor. Er wusste, wenn er heute hier sein Haus verlassen würde, würde er nie mehr wieder kommen. So oder so.

Er betete inständig, dass Karen bei ihrem *Phase 2*-Diebstahl nicht erwischt wurde, dass sie nicht gefoltert wurde oder es nicht lange dauerte. Vielleicht überlebte sie. Möglicherweise wollte man sie auch nur einschüchtern? Eigentlich wusste er gar nicht so richtig, was er hoffen sollte. Alle Szenarien waren grausam und im

Grunde wollte er sie nur wie geplant an dem Mauerloch treffen und mit ihr den Professor erreichen.

Er war bemüht, jegliche Gedanken in dieser Richtung schnellstmöglich zu verwerfen, um die Bilder, die das bedeutet hätte gar nicht erst in seinen Kopf zu bekommen.

Die Zeit bewegte sich auf den Zapfenstreich zu, 19:00 Uhr.

Er hatte alles, was er brauchte entweder angezogen oder in seinen Taschen verstaut und bereitete sich mental vor. Heute würde er wahrscheinlich weder eine Wegweisung bekommen, noch an ausgeschalteten Kameras vorbeifahren.

Heute würde er fliehen. *Und sie würden ihn jagen.*

21:30 Uhr. Die Sonne war jetzt vollends verschwunden und draußen kündigte sich eine stürmisch, regnerische Nacht an. Vielleicht war das nicht unbedingt ideal für eine kleine Fahrradreise aber es würde es den Beobachtern eventuell auch ein wenig schwerer machen, ihn zu entdecken und zu verfolgen.

Er stand an der Tür, blickte noch ein letztes Mal zurück auf das, was die letzte Zeit vorgab, sein Leben zu sein – er konnte nicht mal sagen, wie lange schon, er verfiel in Wehmut, als er sich fragte, wie viel er von seinem richtigen Leben bereits verpasst hatte.

Dann fasst er seinen ganzen letzten Mut zusammen, atmete tief ein und rannte hinaus zu seinem Fahrrad. Er stieg auf und fuhr so schnell er konnte gegen die Windfront an, trotzte dem Regen, der ihm ins Gesicht peitschte und ignorierte die Kameras, die ihm mit ihren roten Lichtern signalisierten, dass sie bereit waren. Sie waren bereit, seinen Weg zu verfolgen und jede seiner Bewegungen an den oder die Betrachter weiter zu melden, gestochen scharf, ob Dunkelheit oder Sonnenschein.

Er raste den Weg ab, den er sich beim ersten Mal eingeprägt hatte und so sehr er auch Angst hatte, war er trotzdem erleichtert. Er wusste, heute endet etwas Unnatürliches auf die eine oder andere Weise. An der langen Mauer angekommen, warf er sein Fahrrad notdürftig hinter den Busch und rannte los.

Bis jetzt hörte er keine Verfolger, nahm keine verdächtigen Geräusche wahr und wagte dementsprechend zu hoffen, dass alles gut werden würde. Eine Sache verschlug ihm jedoch noch ein wenig den Atem. Wenn Karen es aus welchen Gründen auch immer nicht schaffte – er wollte darüber nicht mehr so genau nachdenken – dann wüsste er nicht, wie er zum Haus des angesprochenen Professors kommen würde. Außerdem würde der Professor nicht wissen, wer er ist. Er konnte vielleicht ziellos herumirren und mit ein wenig Glück die Hütte finden, aber er hatte keinen Plan, wie er den Professor überzeugen sollte, dass er nicht einer von den hiesigen Schergen ist, der die Weltherrschaft an sich reißen wollte. Wie er es auch drehte und wendete, je länger er darüber nachdachte, eins stand fest: Karen musste da sein, in Anbetracht seiner Gesamtsituation sendete er ein Stoßgebet an was auch immer und flehte um genau diesen Umstand.

Ein Blitz erhellte den Himmel und circa 2 Sekunden später folgte bereits der extrem laute

Donner. Er hoffte, dass das nicht unbedingt als Antwort auf sein Flehen zu verstehen war und schlich sich schnell weiter zu dem Loch in der Mauer, warf sich in den Dreck und zwängte sich durch die Öffnung. Auf der anderen Seite sah er bereits ein paar Beine und wollte sich schon Taktiken zurechtlegen, wie er möglichst schnell wieder zurück kroch oder aufstand und laufend das Weite suchte. *Während er wahrscheinlich bei dem Versuch erschossen worden wäre*, dachte er noch, aber als er hochblickte, stellte er erfreut fest, dass es Karen war, die dort stand.

„Du bist zu spät!", sagte sie nur und zeigte auf ihre Armbanduhr, die er in einer fernen Zukunft gerne ein weiteres Mal an ihr bewundern würde. Vielleicht gepaart mit einem schicken Cocktail-Kleid, welches ihre langen Beine betonte und was er ihr nach dem tollen Abend in einem der angesagten Restaurants vom Leib reißen könnte, während sie lachend auf ihr gemeinsames Bett fielen.

Er fing laut an zu lachen, rannte auf sie zu und nahm sie in die Arme. Er drückte sie fest an sich und ließ seine gesamte Erleichterung mit in seine Kraft einwirken. Karen blieb die

Luft weg, was sie dann lautstark demonstrierte, indem sie sich mittels Ellenbogen ein wenig Luft verschaffte.

Ihre Gesichter waren etwa zwei Zentimeter voneinander entfernt. Sie sah ihn mit einer Mischung aus gespielt blankem Entsetzen und purer Überraschung einfach nur fragend an. „Ich freue mich ja auch, Dich zu sehen aber ist das nicht ein wenig übertrieben?“, verlieh sie ihrer Überraschung Ausdruck und ließ sich dann schlussendlich doch zu einem ihrer kleinen, hübschen Lächeln hinreißen.

„Nein, ganz und gar nicht, was ist mit Dir? Geht´s Dir gut? Hast Du es überstanden? Ist was passiert? Was ist passiert?“

Er überschlug sich fast in dem Versuch, die vermeintlich sicheren Ereignisse der letzten Stunden aus ihr rauszubekommen und die Tatsache, dass sie so überrascht über seine Reaktion war, ließ ihn gar nicht mehr los.

„Was soll denn passiert sein? Es ist alles gut gelaufen, sonst wäre ich doch nicht hier?!“

Karen wusste immer noch nicht, worauf er hinaus wollte. Es lief doch alles nach Plan, warum tat er also so überrascht?

„Du wurdest nicht erwischt und verschleppt? Befragt? Ge…ge…foltert?“

„Was? Nein!? Warum sollte man das tun? Ich meine, ok, mir würden Gründe einfallen aber…nein. Hat man nicht! Was?“

Dann erzählte Adam seine ganze Geschichte. Er berichtete von dem morgendlichen Besuch des OBS1-Mannes, von der Fahrt zu dem merkwürdigen Gebäude, dem Verhörraum. Er erzählte ihr, wie man ihn hat schmoren lassen und dann mit schrägen Taktiken zum Reden bringen wollte und schlussendlich, wie man ihm weismachte, dass man sie foltern oder gar Schlimmeres mit ihr anstellen würde. Nur, um sie beide zur Aufgabe oder zum Reden zu bringen.

Karen hörte aufmerksam zu und sah Adam fassungslos an. Sie nahm tiefen Anteil an seinen Ausführungen und ihre Augen spiegelten unendliches Leid wider.

Niemals hatte sie damit gerechnet, dass Adam so etwas zustoßen würde. Sie gab sich selbst die Schuld daran und Tränen schossen ihr in die Augen. Reumütig blickte sie Adam an, nahm ihn dann ihrerseits in die Arme und drückte ihn ganz fest an sich. „Jetzt verstehe ich.“ Eine Weile standen sie so da.

Nach all dem Leben in der Finsternis, nach der Isolation und dem geplanten Kontakt zu immer wieder wechselnden Mitarbeitern stellten sie beide fest, wie unglaublich gut so eine Umarmung tat. Alles, was hinter ihnen gelegen hatte und alles, was noch kommen würde, verschmolz zu einem riesigen Kloß, der ihr Dasein in diesem einzigen Moment zusammen schweißte. Es war wie Licht in der Dunkelheit, das wärmste Gefühl in einer sonst so kalten Welt.

Sie wollten weg von hier, fliehen, all das hinter sich lassen und die Menschheit retten, aber im Moment sehnten sie sich danach, einfach nur ewig so dazustehen und einander zu umarmen.

Sie standen eine lange Zeit so da. Keiner von beiden wollte sich so richtig lösen. Es herrschte eine tiefe Verbundenheit zwischen ihnen und hätte Adam sich zurückerinnert an all die Liebschaften, die er so hatte, er hätte geschworen, dass es sich zum ersten Mal echt anfühlte.

Nach einer Weile obsiegte jedoch das Gefühl, dass sie vorankommen mussten. Sie lösten sich zaghaft voneinander, sahen sich noch einmal tief in die Augen. Doch aus dem zärtlichen und intensiven Blick wurde plötzlich ein weit aufgerissenes Augenpaar. Karen starrte Adam an und signalisierte tiefe Erkenntnis.

„Was ist?", fragte er.

„Beschreib mir den Mann, der Dich verhört hat!", forderte sie ihn auf. „Er war groß, trug einen schwarzen Arbeitsanzug mit den Ziffern OBS1,..." Karen unterbrach ihn und vollendete seinen Satz „...hatte grau meliertes Haar, scharfe Züge und tief liegende Augen. Seine Stimme lässt einen bereits das Blut in den Armen gefrieren und seine Augen geben einem den Rest, richtig?" „Ja...woher weißt Du?"

„Ich habe ihn gesehen!" Und so berichtete Karen von ihrem Tag, dem Weg zur Arbeit und wie sie in ihrem Labor ankam und langsam aber sicher Mut fasste, ihr Vorhaben durchzuführen. Sie erzählte ihm, wie sie dann schlussendlich den Kittel von der Kamera schwang und gerade wieder anziehen wollte, als sie ihn plötzlich an ihrem Fenster vorbei stiefeln sah. Er blickte sie im Vorbeigehen an und da überkam sie bereits ein unglaublicher Schauer.

Wie in Zeitlupe schritt er an ihr vorbei und streckte langsam den Arm zum Türgriff aus.

Seine Augen hafteten auf ihren und langsam meinte sie die Andeutung von einem sadistischen, kleinen Lächeln in seinen Mundwinkeln zu sehen.

Kurz bevor seine Hand den Türgriff erreichte, hielt er kurz inne, blieb dann stehen, zog in einem scheinbar gewohnten Handgriff sein Mobiltelefon aus der Tasche und warf einen Blick auf die Anrufer ID.

Dann nahm er das Gespräch an, während er sie weiter taxierte und seinen mitlaufenden Wachen bereits signalisierte, sich rechts und links von dieser Tür zu positionieren, was diese bereitwillig taten.

Er lauschte nur dem Gespräch, sagte nichts, nickte von Zeit zu Zeit und schien wohl bestätigend oder ablehnend hinein zu murren. Dann klappte er sein Telefon zu, machte kehrt und zog wieder ab.

Seine beiden Wachen, die sich verdutzt anguckten und scheinbar nicht verstanden, was hier gerade passierte, nahm er wieder mit. Als Karen das erzählte, lief es Adam eiskalt den Rücken herunter. Beide realisierten zum einen, dass sie nur knapp dem von Adam befürchteten Schicksal entkommen war und zum anderen wussten sie auch, dass man die Angel nur nicht hochgezogen hatte, sie waren aber dennoch bereits am Haken.

Mit dieser Erkenntnis beschlossen sie, keine Zeit mehr zu verlieren und schnellstmöglich das Haus vom Professor zu erreichen.

Der Weg zum Professor

Der Professor wohnte auf einem Hügel, fernab von den Arbeiterhäusern oder Forschungseinrichtungen. Lediglich eine Straße verband sein Haus über lange Strecken und geschwungene Serpentinen durch hügelreiches Land mit den verschiedenen Einrichtungen.

Adam schätzte, dass es mit dem Auto ungefähr 10 Minuten dauern würde, das Haus von der Anlage aus zu erreichen.

„Warum hat man ihm so ein Haus gegeben, wenn er doch durch die Entführung seines Sohnes eher unfreiwillig hier ist?“

Karen schaute ihn wissend an.

„Den Professor und den Initiator des ganzen Projektes hier verbindet irgendetwas in der Vergangenheit. Der Professor sagte einmal, dass es ein schmaler Grat sei zwischen Genie und Wahnsinn. Das Genie erkennt den Wahnsinn allerdings nicht oder will die Ausmaße und Gefahren nicht wahr haben. Ähnlich ist es hier. Der Initiator ist genial und war ehemals mit dem Professor befreundet.

Im Grunde seines Herzens will er ihm nichts Böses. Solange also dafür gesorgt ist, dass der Professor weiterhin mitwirkt, was durch die Entführung seines Sohnes zweifellos der Fall sein dürfte, kann man ihm auch weiterhin ein wenig Respekt und Anstand zollen.

Zwar geht er weiter, als man gehen sollte, zwar erkennt er die unmittelbar drohenden Konsequenzen nicht, aber er bleibt am Ende doch ein verletzter, verstoßener Mensch, der lediglich seine Vision verfolgt."

Mit diesen Worten erreichten sie die Tür des Hauses. Es war ein einfaches Gebäude im Stil der bereits bekannten Häuser aus dem B-Komplex. „So sahen die also ursprünglich aus", dachte Adam. Sie standen vor einem weißen, quadratischen Haus. Es hatte eine Eingangstür, die rechts und links von jeweils einem Fenster eingerahmt wurde. Ein schwarzes Spitzdach krönte das obere Geschoss, dessen Ziegel schon mal bessere Tage erlebt hatten.

Rechts von ihm war sogar eine Garage, die allerdings offen stand und leer war. In der Garage war Platz für ein Auto, man hätte jedoch auch problemlos noch eine Hobby-Ecke integrieren können.

Sie war durch eine Tür mit dem Haus verbunden, so dass man bequem von drinnen zum Auto gelangen könnte, wenn man zum Beispiel dem Regen ausweichen will. Sie stellten sich rechts und links an die Tür und klingelten. Nichts geschah.

Nach einer angemessenen Wartezeit drückten sie erneut auf den Klingelknopf und warteten wieder. Als Karen ein weiteres Mal auf den Knopf drücken wollte, beugte Adam sich vor und lauschte mit dem Ohr an der Tür.

Das Klingeln war deutlich hörbar, aber ansonsten hörten sie nichts. Es gab keinerlei Geräusche auf der anderen Seite, die den Wartenden einen Hinweis geben würden.

Nachdem sie zum dritten Mal erfolglos gewartet hatten, erinnerte Adam an die Garage und die mit dem Haus verbundene Tür und so machten sie sich beide auf den Weg dorthin.

Aus einem Gefühl heraus zog Adam die Garagentür zu, als er sah, dass Karen die Zwischentür mühelos öffnen konnte. Sie gingen hinein und riefen dabei nach dem Professor. Als sie keine Antwort bekamen, drangen sie weiter vor.

Rechts von der Zwischentür befand sich ein kleiner Raum, vielleicht so etwas wie ein Hobbyraum oder Bügelzimmer. Eine Tür weiter kamen sie offensichtlich ins Wohnzimmer.

Hier standen eine Couch, ein Fernseher und ein Tisch, so wie mehrere Möbelstücke.

Das Fenster war mit einer großen Glastür versehen, die, wenn man sie öffnete, den Weg zum kleinen, mit nur einer einheitlichen Rasenfläche gestalteten Garten freigab.

Nicht einmal Bilder hingen hier, wenn man von der Stelle mal absieht, an der sich offenkundig mal eins befand. Es waren diese typischen Weißton-Unterschiede zu erkennen.

An das Wohnzimmer schloss sich ohne weitere Tür oder Wand eine Küchenzeile an.

Nichts Komfortables aber immerhin so viel Fläche, dass man dort kochen und auf den integrierten Kühlschrank zugreifen konnte, um dann in der Mitte an einem kleinen Tresen Platz zu nehmen, und zu essen.

Von der Küchenzeile ging eine weitere Tür ab, die wieder in den Flur führte. Die Wände waren alle samt albinoweiß gestrichen. Keine Farbe, keine Tapeten, einfacher Standard. Sie passierten die kleine Tür, die zur Toilette führte, und gingen auf die Treppe zu. Eine alte Holztreppe, dessen Stufen unter dem Gewicht von Adam und Karen bedrohlich laut knarzten und knackten. Oben angekommen gab es nur noch einen großen Raum.

Dieser war übersäht von Büchern. Sie lagen auf dem Fenstersims, auf dem Boden und auf dem Bett und handelten von Nanotechnologie, Wissenschaft im allgemeinen und diversen anderen Titeln, die Adam nicht zuordnen konnte. In der Mitte stand ein runder Holztisch mit vier Stühlen. Auf einem von ihnen saß der Professor – allerdings in einer scheinbar unbequemen Haltung mit dem Kopf auf der Tischplatte.

Karen war als zweite die Treppe hochgekommen. Als sie den Professor sah, rannte sie sofort hin und rief nach ihm.

Als er nicht reagierte, tickte sie ihn an, rüttelte an ihm.

Es war eine unnatürliche Schwere und Steifigkeit in den Bewegungen des Körpers und so begriff Adam recht schnell, was los war.

Er senkte den Blick betroffen und wartete ab. Es war schwer, die passenden Worte zu finden, und er wusste nicht wirklich viel über die Art der Beziehung der beiden, so dass er die wahrscheinliche Reaktion von Karen und die damit verbundene beste Handlungsweise seinerseits unmöglich vorhersehen konnte.

Er wartete ab. Karen rüttelte nun immer stärker an dem Professor, während ihre Stimme lauter nach ihm rief.

Als sie ihn fast anschrie, brach ihre Stimme.

Adam wusste instinktiv, dass jetzt der Zeitpunkt gekommen war, zu ihr zu gehen und sie in den Arm zu nehmen.

„Karen“, sagte er „…es tut mir leid.“

Er spürte, wie sich ihr Körper in seinen Armen schüttelte und hörte das Schluchzen und stand einfach nur da, während sie weinte.

Als sie sich einigermaßen beruhigt hatte, löste sie sich aus seinen Armen, blickte Adam an und signalisierte ihm mit den Augen, dass alles gut ist. Er drückte nochmal ihre Hände in seinen und nickte.

Karen fühlte zur Sicherheit die Halsschlagader des Professors und blickte Adam bestätigend und voller Trauer an.

„Wie konnte das passieren?“, fragte sie wütend.

„Gute Frage, weißt Du, ob er krank war?“

„Nein, soweit ich weiß nicht. Es kann eigentlich auch nicht Altersschwäche gewesen sein. Er war 67 Jahre alt und sehr agil. Nach einem gewaltsamen…“ – sie zögerte, das Wort *Tod* auszusprechen, und hatte Mühe, die Fassung zu bewahren, fing sich dann jedoch wieder „…nach Gewalt sieht es für mich auch nicht aus. Merkwürdig.“

Jetzt waren alle Hoffnungen, die sie hatten mit einem Mal begraben.

Ohne den Professor kamen sie hier nicht raus oder aber sie mussten sich einen Plan B überlegen.

Adam dachte allerdings an die wenige Zeit, die ihnen dafür bliebe. Er wollte nicht pietätlos wirken, aber er musste die Dinge irgendwie voranbringen.

„Wir sollten uns nach der Zugangskarte umsehen, wo könnte der Professor die versteckt haben?", fragte Adam.

„Da er sie nicht gestohlen hat, sondern sie ihm gegeben wurde, würde ich vermuten, dass sie entweder irgendwo völlig offensichtlich herum hängt oder an seiner Kleidung befestigt ist. Vielleicht auch in der Hosentasche."

Schnell lief Adam die Treppe herunter und suchte die Räume nach der Karte ab.

Er hielt auch Ausschau, ob er einen herum liegenden Schlüsselbund entdecken konnte. Als er nichts fand, ging er zurück nach oben und sah Karen über den Laptop gebeugt. Sie suchte die Dateien durch und hielt dann abrupt inne.

Dort war eine Textdatei mit dem Namen „hinweis". Sie erklärte Adam, dass der Professor über all die Jahre eine Theorie hatte, die sich immer wieder bewahrheitete. Je offensichtlicher man etwas machte, desto besser war es verborgen. Sie erläuterte, dass jeder, der nach versteckten Dateien suchen würde, diese auch wirklich getarnt vermuten würde.

Der Professor wusste, sie würden einen Hinweis suchen – also nannte er die Datei einfach „Hinweis“ und war sich wahrscheinlich sehr sicher, dass nur Karen sie finden würde. Sie öffnete die Datei und las nur das Wort „Keller“.

„Hast Du einen Keller gesehen?“ „Nein. Komm!“ Und mit diesen Worten rannten sie wieder nach unten und suchten den Keller.

Doch nirgends im Wohntrakt war einer zu finden. Der einzig weitere mögliche Ort war dann nur noch die Garage. Also liefen Sie erneut dorthin und fanden schließlich eine in den Boden eingelassene Tür unter einem Teppich. Als sie die damit verbundene Treppe hinunterschlichen, gelangten sie schließlich in den Keller.

Dieser war mit Teppich ausgelegt und als Lagerfläche für weitere Bücher benutzt worden. Etwas anderes fand man hier nicht. Bücher soweit das Auge reichte.

Sie reihten sich stapelweise aneinander – der ganze Keller verströmte diesen typischen Buchgeruch, den man riecht, wenn man eine Bibliothek oder einen Buchhandel betrat. Ansonsten war da nichts weiter. Adam fragte sich, ob er jetzt wirklich jedes dieser Bücher nach weiteren Hinweisen durchsuchen sollte, und stöhnte laut auf ob der Tatsache, dass sie ewig dafür brauchen würden.

Auch im Hinblick auf die immer noch drohende Jagdgesellschaft, die er früher oder später an ihren Fersen vermutete, war das sicherlich keine gute Idee. Er sah Karen hilflos an und zuckte mit den Schultern. Karen jedoch schmunzelte und funkelte ihn mit ihren Augen an, sie wusste anscheinend bereits mehr als Adam.

An der Wand hing ein Bild von einem kleinen Motorboot, welches vor irgendeiner fiktiven Küste lag und in den Wellen schaukelte. Dieses Bild steuerte Karen zielstrebig an und kommentierte an Adam gerichtet „Du erinnerst Dich an die Stelle im Wohnzimmer, in der anscheinend mal ein Bild hing? Das wird dieses hier gewesen sein, es gibt sonst im ganzen Haus kein anderes. Das ist unser Hinweis!" Und richtig. Sie eilte zu dem Bild, nahm es vom Haken und stellte auf dem Boden ab.

Hinter dem Bild war ein loser Ziegel, den man problemlos herausnehmen konnte und dahinter war die Zugangskarte versteckt, die von einem Brief umhüllt war.

Liebe Karen,

ich hatte in der ganzen Zeit hier, in der ich getrennt von meiner Familie war, sehr viele Möglichkeiten zum Nachdenken.

Viele Fragen habe ich mir gestellt.

Hatte ich mit meinen Forschungen den Grundstein für die eigene persönliche Katastrophe gelegt? Habe ich die Büchse der Pandora geöffnet?

Solange ich hier mitarbeite, wird meinem Sohn nichts geschehen. Aber wenn die Arbeit hier von Erfolg gekrönt wird, ist die gesamte Menschheit in Gefahr.

Darf ich meinen Sohn schützen auf Kosten der restlichen Menschen? Habe ich genug Mut, es heraus zu finden? Genug Kraft?

Und viel wichtiger: Wenn alles so eintritt, wie ich es befürchte, habe ich ihn am Ende umsonst geschützt. Nein, das kann so nicht enden. Ich musste etwas tun.

Liebe Karen, ich hoffe, ich habe mit meinen kleinen Hilfestellungen daran mitgewirkt, dass Du diesen vielversprechenden, neuen jungen Mann überzeugen konntest und damit zumindest ein wenig von meiner Schuld an der Katastrophe getilgt. Er wird Dir hoffentlich genau die richtige Hilfe sein, alles von uns abzuwenden.

Doch ihr müsst rasch handeln, viel Zeit ist nicht mehr.

Ich habe aus einigen Utensilien hier eine notdürftige Funkeinheit gebaut und einen Spruch abgesetzt, in dem ich dem mutmaßlichen Empfänger sowohl die Koordinaten übermittle, an denen ich meinen Sohn vermute, als die von dieser Insel. Das ist meine erste Hoffnung, meine zweite ist, dass Du es schaffst hier raus zu kommen und ihn – und wohl möglich uns alle - retten wirst.

Meine dritte Hoffnung ist, dass man nicht einfach ein Kind töten wird, wenn man es nicht mehr als Druckmittel braucht, und ich spreche Doktor Mattes noch genug gesunden Menschenverstand zu, dass er ihn freilässt, wenn ich nicht mehr existiere. Daher werde ich mich aus dem Spiel nehmen.

Das Funksignal wird nicht unentdeckt bleiben – zumindest konnte ich den Inhalt verschlüsseln.

Es tut mir leid, aber den Rest musst Du ohne mich und meine Hilfe schaffen. Ich habe mir ein Mittel verabreicht, welches mich bereits getötet haben wird, wenn Du diese Zeilen liest. Tu genau, was ich sage, das ist der letzte Gefallen, den ich dir tun kann. Sprich mit Jasper Owen, wenn es so weit ist! Denke immer dran: Meistens geschehen die Dinge aus einem bestimmten Grund.

Es wird Zeit, Lebewohl zu sagen. Liebe Karen, danke für die Inspiration, die Du mir in der Zeit hier warst und danke, dass Du mir die Chance gibst, etwas gut zu machen. Danke für die Hoffnung.

Bis bald.

Dein Freund Jeremiah

Mit von Tränen geschwängerten Augen ließ sie ihre Hände mit dem Brief langsam sinken. Adam stand bereit und nahm ihre Hand. Sie sehnte sich nach einer starken Schulter zum Anlehnen und vergrub ihren Kopf bei ihm.

Sie wollte so sehr, dass das alles endet. Jetzt nur mal kurz innehalten. Nur für einen Moment.

Adam stand bei ihr und spendete Trost, während seine Augen auch leicht verschwammen und er die lustig tanzenden Lichtkegel in den schräg eingebauten Kellerfenstern wahrnahm.

Adam dachte zwar über das Lichtspiel nach, über die fast sichere Bedeutung dieser dachte er jedoch erst später nach.

Als er darüber stolperte, war es natürlich bereits zu spät. Er erschrak und ein Ruck ging durch seinen ganzen Körper. Scharf sog er die Luft ein. Er nahm Karen an die Hand und zog sie aus der Tür. „Schnell Karen, wir müssen hier weg."

Er schleppte sie die Treppe hoch und sah schon bevor sie die letzten Stufen erklommen, was ihnen oben drohte.

Die Lichtkegel, die Adam sah, waren anscheinend nur die Nachhut. Auf der Treppe, fast gelangweilt wirkend, lehnte bereits der OBS1, stützte sein Kinn in seine Hände und fixierte die beiden leicht belustigt mit seinen stechenden Augen.

Adam schob sich unterbewusst vor Karen.

„Ohh…na ist das nicht süß. Hinter unserem Neuzugang Adam steckt ja ein richtig heroischer Typ. Da stellen Sie sich schützend vor ihre kleine Prinzessin? Hervorragend. Das ist der Stoff, aus dem die Romane sind."

Er machte eine kleine Pause.

„Meine Lieben. Ich beobachte Sie beide bereits seit einiger Zeit. Ich dürfte ja unmissverständlich klar gemacht haben, dass es besser gewesen wäre, einfach aufzuhören aber Sie ignorieren so etwas gerne rebellisch weg, hm? Nun ja. Ich glaube, wir werden das mal alle zusammen an einem anderen Ort besprechen.

Das letzte Mal sind Sie meinen zugegebenermaßen etwas ausgefallen wirkenden Methoden ja noch davon gekommen.

Heute fürchte ich, dass Sie leider kein Anruf retten wird, meine kleine Prinzessin. Wollen Sie mir freiwillig verraten, was genau hinter Ihren hübschen kleinen Augen da vor sich geht? Oder wollen wir das lieber gemeinsam herausfinden? Haben Sie etwas bei sich, was ich an mich nehmen sollte?"

Er drehte sich kurz um und blickte Adam und Karen dann verschwörerisch an, während er die letzten zwei Stufen zu Ihnen überbrückte. „Meine Männer können bisweilen ein wenig rabiat sein, wenn sie jemanden durchsuchen.", flüsterte er.

Er wartete und ließ seine Worte weiter auf die beiden völlig eingeschüchterten Flüchtlinge wirken. „Nein? Nichts? Gut. Dann kann ich auch leider nichts mehr für sie tun. Durchsuchen!....und schlafen schicken.!", sagte er zu seinen Männern.

Dann drehte er sich nochmal um und sah Karen keck an.

„Oder schicken Sie sie doch erst schlafen und durchsuchen Sie dann!? Ich weiß ja nicht, was Sie so mögen…“ schlug er seinem Offizier vor.

Dann stieß er wieder sein krankhaftes Lachen aus und ging Richtung Auto.

Mit hervorgehaltener Pistole bedeuteten sie beiden, dass sie die Treppe weiter hochkommen sollten. Sie hatten keine Wahl, also fügten sie sich ihrem Schicksal und hofften, vielleicht auf dem Weg zum Auto eine Chance zur Flucht zu bekommen.

Doch als sie zur Eingangstür dirigiert wurden, sahen sie zwei leicht vergilbte Autos, die anscheinend ausrangierte Krankenwagen waren und blickten sich an.

Dann, noch ehe sie eine Chance hatten, sich zu wehren, zu fliehen oder was auch immer aus ihrer aussichtslosen Situation heraus zu holen, spürten sie beide einen Stich im Hals und sackten zusammen.

Der Kerker

Als Adam aufwachte, hörte er bereits Schreie. Es war Karen. Er wollte aufstehen und zur Quelle des Geräuschs gelangen, doch er zappelte nur hilflos an den Handschellen, die ihn fest an der Wand hielten. Er blickte sich um und versuchte Karen auszumachen aber sie schien in einem Nebenraum zu sein, er konnte sie nicht sehen.

Er saß in einem feuchten Raum. Genau so stellte er sich einen klassischen Kerker vor. Grob gehauene Steinwände, Markierungen an der Wand, feuchter Boden, eine kleine Nische für die Notdurft und sogar eine alte Holzschüssel, in der sich wohl mal etwas zu essen befunden haben musste, konnte er von seiner Position ausmachen.

An der gegenüberliegenden Wand war sogar ein großes Mauseloch. „Jaspers Loch“ stand da.

Da, wieder ein Schrei. Laut und voller Hilflosigkeit. Am Ende nur noch ein Krächzen, da ihr anscheinend die Kraft fehlte. Er musste sich irgendwie aus der Situation befreien.

Die Handschellen waren stabil und mit einer Art elektronischem Schloss gesichert und die Verankerungen, in denen diese sich befanden anscheinend auch. Er rüttelte stark daran, aber sie wollten sich einfach nicht öffnen oder seinen Versuchen beugen. Es passierte nichts, bis auf das er sich die Handknöchel wund scheuerte. Es war aussichtslos.

Als er einmal mehr nach dem Aufbäumen in sich zusammen sank, hörte er ein Knacken gefolgt von einem leisen Rauschen. Eine Stimme tönte blechern aus einem scheinbar in die Kerkerdecke integrierten Lautsprecher.

„Ahh…Sie sind endlich wach. Donnerwetter, da hat unser kleines Mittelchen aber wirklich lange gewirkt, hm? Wissen Sie eigentlich, was Sie alles verpasst haben, als Sie sich da gemütlich gegen Ihre Steinwand geflätzt haben? Also wir haben ja immer schon mal hie und da ein bißchen an jemandem herum geschnitten aber so richtig Scheibchen-weise ja noch nie.

Sehr innovativ. Und Sie haben nichts Besseres vor als zu schlafen. Nun ja, vielleicht hören Sie ja jetzt besser zu. Kennen Sie die Filme in denen der Bösewicht am Ende immer nochmal alles aufklärt und der Held dadurch irgendeinen Vorteil gewinnt, den er auf die Situation anwenden kann und ihm die Flucht gelingt? Das ist hier nicht so. Ich fühle mich recht sicher.", säuselte er ins Mikrofon.

„Mein lieber Adam, wir wussten bereits, dass mit Ihnen etwas nicht stimmte, als der Lieferant ihrem Mitarbeiter ein Computerteil geliefert hatte. Erinnern Sie sich?

Wir konnten nur leider nie so richtig feststellen, was genau es war. Wir waren bei Ihnen, als Sie Ihre ersten Minuten mit Karen verbrachten, haben Ihren Weg in den B-Komplex verfolgt…ach Adam, wir haben alles gesehen. Wir wissen nur nicht, warum. Aber das müssen wir auch gar nicht wirklich. Da wir wissen, dass Sie und Karen…übrigens jetzt Probandin 201…diese Insel niemals verlassen werden, werden Sie beide die ersten sein, die die erste Formelanpassung der *Phase 5* kennenlernen dürfen.

Eine Intelligenzbestie und…nun ja…Sie. Ein Querkopf. Mit viel Widerstand. Vielleicht sind es ja gerade die Ergebnisse mit Ihrem Kopf, die uns noch etwas zur Verbesserung der Formel finden lassen. Ist das nicht großartig? Wissen Sie, ich habe Sie vorhin ein wenig auf den Arm genommen. PRB201 wird gerade gar nicht gefoltert. Das waren ihre Schreie, als sie sich gegen die Narkose wehren wollte.

Aber die Drähte ins Hirn implementieren ohne Narkose? Ich weiß ja nicht. Dafür bin ich auf meine alten Tage doch ein wenig zu nett.

Und ich bin ja auch kein Unmensch - Ich will Ihnen sogar noch ein Geschenk machen:

Da Sie beide ja bereits wissen, was hier gespielt wird, dürfen Sie sich gegenüber sitzen, wenn Ihnen *Phase 5* gespritzt wird.

Ist das nicht toll? Ruhen Sie sich aus, mein lieber, ich wecke Sie, sobald Karen wieder wach ist.“ Damit verstummte es in seiner Zelle. In seinem Kopf. Alles um ihn herum verschwamm und wollte fast resignieren. Doch dann zwang er sich zur Ordnung. Es musste einen Weg hier aus dieser Situation geben, es musste möglich sein, dem Ganzen hier zu entkommen.

Mit Karen. In einem Stück.

Sein erster Gedanke war, auf sich aufmerksam zu machen. Und so rief er laut um Hilfe und tobte, trat mit den Füßen um sich, trat nach der Holzschale. Es passierte zunächst nichts, doch dann hörte er von draußen eine Wache, die ihm klar sagte, er solle endlich die Klappe halten, sonst würde er reinkommen und ihm die Flügel stutzen.

Adam wollte genau das. Er machte weiter Lärm und schlug wild um sich. Er rief, dass er sich selbst verletzen würde und den *Phase 5*-Versuch verhindern würde.

Als er damit drohte, seinen Kopf gegen die Wand zu hauen, klapperte der Schlüssel in der Tür und schloss quietschend auf. Langsam öffnete sich die schwere Eisentür und die Wache stürmte herein. Der Mann fluchte und kam schnell näher. Mit einem Schlag traf er Adam am Kinn und wollte ihm so Manieren beibringen. Dann aber begriff er, dass er ihn besser nicht allzu sehr verletzen sollte, um das Experiment nicht zu gefährden, und hörte damit auf.

Stattdessen ging er hinaus und holte seinen Mantel, den er Adam dann um den Kopf legte, so dass dieser ihn nicht mehr gegen die Mauer schlagen konnte. Er befestigte den Mantel mit Hilfe eines Lederriemens und ließ nur die Nase frei.

Als er sich umdrehte, witterte Adam seine Chance. Er hatte oft genug im Film gesehen, wie der Wachmann hinterrücks niedergeschlagen wurde und man ihm die Schlüssel für die Tür abnahm. So wollte er auch vorgehen, nur dass er diesem nicht die Schlüssel abjagen wollte, sondern ihn mit Gewalt dazu zwingen würde, die Schlösser zu öffnen.

Mit all seiner Kraft trat er dem Wachmann in die Kniekehle, woraufhin dieser tatsächlich einknickte und der Länge nach hinpurzelte. Schnell trat Adam noch einmal zu und packte gleichzeitig den Fußknöchel, um ihn nicht aus seiner Griffweite zu lassen. Doch der Wachmann hatte sich recht schnell wieder aufgerafft und warf sich mit einer Vorwärtsrolle schwungvoll nach vorne – außer Reichweite von Adam.

Er stand auf, streifte seine Uniform glatt und ging mit verachtendem Blick hinaus, während er ihm zuraunte: „Ich darf Dich leider nicht weiter zusammen schlagen aber ich hoffe, Du verreckst an dem Zeug. Vielleicht kümmere ich mich um Deine Freundin, wenn sie es intus hat!"

Adam brach innerlich wie äußerlich zusammen. Damit war seine letzte Hoffnung verloren. Er lehnte sich zurück, ignorierte den Schmerz, den seine Arme durch die ungünstige Position meldeten und sah resignierend an die Wand. Er ließ die letzten Stunden nochmal vor seinem inneren Auge ablaufen und fragte sich krampfhaft, ob sie das Dilemma irgendwie hätten vermeiden können. Er dachte über die Situationen nach, als er Karen nach dem Mauerloch traf, als er sie festhielt und das Wiedersehen so sehr genoss. Er dachte an die Trauerphase, das Trösten – das war alles Zeit, die wir verloren haben – er schüttelte den Kopf.

Sie hätten schneller suchen und das lächerliche Rätsel des Professors lösen müssen. *Dieses blöde Rätsel.* Was hatte es ihnen gebracht? Ein einfacher Abschiedsbrief und eine Zugangskarte, die ihnen jetzt nichts mehr nützt. Immerhin, in den Komplex hatten sie es ja geschafft. *Wozu dieses Rätsel?* Wie sie bereits besprochen hatten, hätte die Zugangskarte doch auch irgendwo in dem Haus hängen können. Es wäre nicht auffällig gewesen und hätte weder den Professor, noch seinen Sohn in Gefahr gebracht. Warum also?

Karen meinte, der Professor würde nichts ohne Grund machen und er verwendete stets einfachste Symbolik und offensichtliche Zeichen, um Dinge zu verstecken. Die Karte war zusammen mit dem Abschiedsbrief gewesen, also war vielleicht in dem Brief noch irgendein Hinweis versteckt?

Er versuchte, sich daran zu erinnern. Was stand alles in dem Brief? Es täte ihm leid, er wusste nicht, dass es so kommen würde, seine Forschung, Dank an Karen.

All das nützte ihm nichts. Doch am Ende noch ein Satz: Sprich mit Jasper Owen. Jasper? Wer sollte Jasper sein?

Dann traf es ihn wie der Blitz. Jasper´s Loch. Auf einmal keimte wieder Hoffnung auf.

Okay, er hatte den gleichen Namen an der Wand über einem Mauseloch gelesen, den der Professor ihnen als Verbindung genannt hatte.

Doch er konnte unmöglich mit einem Loch reden. Oder doch? Er fasste neuen Mut und setzte sich erstmal wieder aufrecht hin. Das Knacken des Lautsprechers nahm er schon lange nicht mehr wahr, daher dachte er, dass er wohl auch gerade nicht belauscht werden würde. Was sollte er tun? Hilft ihm dieses Loch wirklich weiter?

Eigentlich hatte er nichts zu verlieren. Er dachte zwar, dass es wenig Sinn machen würde, seine letzten Stunden als Nicht-Zombie damit zu verbringen, verzweifelt mit einer Maus Kontakt aufzunehmen, aber schaden konnte es schließlich auch nicht.

Und so räusperte er sich und versuchte es. Zaghaft rief er den Namen Jasper in Richtung Loch.

Nichts passierte. Er unternahm einen zweiten Versuch und kam sich wirklich dämlich vor. Nochmal, diesmal lauter. Dann fing er langsam an zu kichern.

In Extremsituationen verfallen Menschen manchmal in die urkomischsten Reaktionen. Sie fangen bei Beerdigungen an zu lachen, brechen weinend zusammen, obwohl sie etwas Lustiges erleben.

Das Gehirn wird zwar immer mehr erforscht und wir lernen ständig erstaunliche Dinge dazu aber so richtig begriffen haben wir es wahrscheinlich noch nicht.

Und so lachte Adam. Verzweiflung, Trauer, Wut, Ausweglosigkeit. All das kam zusammen und veranlasste ihn zu diesem Gekicher. „Jasper, Jasper!“, gluckste er weiter und kicherte irre hinterher.

Es verschlug ihm arg die Sprache, als aus dem Mauseloch plötzlich ein kleines Augenpaar hervorlugte und Barthaare wild umher wackelten, als eine doch etwas größere Ratte wissen wollte, wer da nun mit ihr sprechen wollte.

Adam hatte Mühe, die Worte wiederzufinden. Es war kein Hirngespinst, es waren wackelnde Tasthaare, die an einer Ratte mit kleinen Knopfaugen dran waren, welche ihn aufgeregt musterten.

Und so rief er nochmals deutlich wenn auch vorsichtig nach Jasper, so, als ob er eine Katze zum Verteilen von Streicheleinheiten rufen wollte. Langsam aber sicher näherte sich die Ratte seinen Händen. Sie war weiß, hatte rote Augen und den obligatorischen langen Schwanz, der allerdings ein wenig kürzer erschien, als man bei einer Ratte vermuten würde.

Sie schnupperte immer noch aufgeregt alles ab, aber bewegte sich recht zielstrebig vorwärts. Sie hörte tatsächlich auf diesen Namen. Als das Tier in Griffreichweite war, begann er – obwohl er Ratten eigentlich widerlich fand – sie zu streicheln. Warum auch immer, aber er spürte, dass er sie nicht wieder verlieren durfte.

Der Nager verkörperte nun wieder seine letzte Hoffnung, so irre das auch war, und würde er hier versagen, wäre auch seine geistige Gesundheit langsam in Gefahr.

Sie ließ es sich gefallen. Und als sie so da saß, sah er, dass sie wohl auch schon einiges durchgemacht haben musste. Sie hatte Narben, teilweise fehlte Fell an Stellen, an denen eigentlich welches sein müsste, und ihr linkes Auge war wohl erblindet - es war ganz trüb.

Noch dazu war der Name Jasper in ihren Bauch geritzt. Langsam und vorsichtig umschloss er sie mit seinen Händen und streichelte weiter.

Seine Arme waren in dieser Position mehr als schmerzhaft angewinkelt, aber das war ihm gerade ziemlich egal. Okay, soweit so gut. Aber was nun? Er erinnerte sich an den Brief. Dort hieß es, er soll mit Jasper sprechen. Also sprach er weiter – auch, wenn er sich unendlich dämlich dabei vorkam - „Jasper? Jasper, kannst Du mich hören? JAAAAS-PER? Jasper, kannst Du uns helfen?"

Nichts passierte. Natürlich nicht, dachte er.

„Jasper, kannst Du meine Eisenfesseln durchbeißen und danach vielleicht den Schlüssel herzaubern?" Seine Hoffnung schwand allmählich. Nichts schien zu helfen, die Ratte war völlig unbeeindruckt und machte es sich eigentlich nur in seiner Hand gemütlich. Dann plötzlich, ohne jede Vorwarnung, hörte er ein leises Zischen, gefolgt von einer Stimme. Jetzt war er völlig verrückt geworden, dachte er noch.

Doch die Stimme wurde klarer und sie war…in seinem Kopf.

Er hörte eine Stimme in seinem Kopf. Doch es war irgendwie anders, als man es sich vorstellte, wenn die Menschen in eine Anstalt gehörten. „Professor? Professor, sind Sie das? Professor?“ Jetzt ist es auch egal und so sprach Adam achselzuckend mit der Stimme in seinem Kopf. „Nein, hier ist Adam, ich sitze in irgendeiner Zelle fest, ich bin nicht der Professor aber der hat gesagt, ich soll mit einer Ratte sprechen!“

„Was? Professor? Was reden Sie da? Ganz langsam bitte. Wer spricht da?“

„Hier spricht Adam. Ich bin nicht der Professor. Der Professor ist tot.“

„Tot? Was?“

„Wir haben keine Zeit, wer auch immer da am anderen Ende ist. Der Professor ist tot und hat gesagt, ich soll mit Jasper sprechen und das habe ich getan. Können Sie mir helfen?“

„Was hat der Professor genau gesagt? Ich muss wissen, ob ich Ihnen trauen kann!“

„Er hat gesagt, ich soll mit Jasper sprechen, mit Jasper Owen.“

„Owen? Okay, das reicht mir. Beschreiben Sie mir genau, wo Sie sind, sehen Sie einen Code irgendwo? Der Raum, in dem Sie sich befinden, muss irgendwie bezeichnet sein. Können Sie was sehen?“

„Ich sehe den Code, er ist oben rechts an die Tür geschrieben. Da steht PRS12.“

„Okay, warten Sie einen Moment.“ Es war einige Sekunden still.

„Ahh…Sie sind in einem Kerker!“

„…was Sie nicht sagen…“

„Werden Sie da festgehalten?“

„Ja, ich hänge an Handschellen und bin hier eingeschlossen. Ich bin auf der Flucht vor all dem hier. Ich muss hier schnellstens raus, haben Sie eine Idee?“

„Moment, das haben wir gleich!“

Klick. Klick. Klick. Mit diesen drei Geräuschen öffneten sich zum einen die elektronisch verschlossenen Handschellen von Adams Händen, zum anderen schnappte das Schloss der Gefängniszellentür auf und sie öffnete sich sichtbar einige Millimeter.

Mit drei Klicktönen war die Freiheit doch wieder in Griffweite.

„Ich habe hier den Lageplan des Gebäudes vorliegen. Hören Sie, Sie müssen aus der Tür raus und den Gang herunter bis zur Tür. Dann wieder geradeaus bis Sie zu einer Treppe gelangen. Gehen Sie dort hoch und wenden Sie sich nach links, dann sehen Sie schon den Hafen. Von da an müssen Sie alleine weiterkommen, ich habe dort keine Kamerasicht oder Systemzugriff. Alle anderen Türen unterwegs kann ich Ihnen öffnen. Sie haben 30 Minuten, dann erfolgt eine kleine Sprengung…"

„Eine was? Eine Sprengung?", Adam schluckte. „Was ist mit Karen? Wo ist sie?"

„Wer?"

„Karen, das ist…egal. Da ist eine Frau mit mir zusammen hier, sie ist in einem anderen Raum. Sie soll gleich gegen ihren Willen operiert werden. Ich…ich…konnte sie schreien hören."

Adam's Stimme brach leicht bei den letzten Worten.

„Dann muss sie nebenan sein, dort ist so etwas wie ein Behandlungsraum, in dem gerade

Bewegung stattfindet. Laufen Sie, ich führe Sie!“

Die Flucht

Adam durfte nun keine Zeit verlieren. Er setzte die Ratte behutsam ab, sah sie an und, so verrückt es auch war, bedankte sich bei ihr. Dann befreite er seine Arme von den Ketten, die ihn die ganze Zeit über erbarmungslos festhielten, massierte kurz seine Handfesseln und versuchte, den Armen schnell wieder ein wenig Bewegung beizubringen.

Er schlich zur spaltbreit geöffneten Tür und versuchte zu erkennen, was sich dahinter abspielte. Als er weder eine Wache, noch irgendwelche Bewegungen wahrnahm, sprintete er los und rannte geradewegs die Nachbarstür ein.

Was er dort sah, war beängstigend. Vier Menschen in grünen Kitteln mit OP-Hauben, Mundschutz und Skalpell bewaffnet standen um einen weiteren im Patientenkittel herum, der in einer Art Stuhl saß.

Der Kopf war in einem Eisengestell festgehalten. Einer der Grünkittel wollte gerade ein Schlauchsystem über Mund und Nase anbringen, da stürmte Adam auch schon in den Saal.

Der eine mit dem Skalpell, brüllte ihn an: „Sind Sie wahnsinnig? Hier ist alles steril!"

Doch Adam hörte nicht darauf und ging direkt auf ihn los. Der Arzt oder was auch immer er war, schien nicht von der abgebrühten Sorte zu sein, die kampferprobt waren und mit Adrenalin umgehen konnten.

Er hielt das Skalpell vor sich – mehr, um sich zu schützen, als anzugreifen, weil er nicht begriff, was hier passierte.

Adam war wie berauscht. Getrieben von dem Gedanken, seine Karen zu retten, ging er unmittelbar auf den Skalpell-Träger los. Er nahm sich von dem rechts von ihm stehenden Tisch eine metallische Ablage mit allerlei Zeug und warf das auf den Arzt. Dieser versuchte abzuwehren und ließ dementsprechend das Skalpell in die Höhe schnellen.

Das nutzte Adam und überwältigte ihn. Sie kugelten eine Weile auf dem Boden herum, dann hatte er dem Arzt das Skalpell entrissen und und bedrohte diesen nun seinerseits. Mit der Waffe direkt an seinem Hals zwang er ihn, aufzustehen und sich langsam zu dem Eisengestell zu bewegen.

Die anderen waren anscheinend zum Assistieren da. Da sie nicht unmittelbar eine Bedrohung für Karen darstellten, hofften sie, dass der irre Eindringling nicht direkt auf sie losgehen würde, so lange sie Ruhe bewahren. Also kauerten sie sich in die nächstmögliche Ecke und zogen die Köpfe ein.

Der Arzt ließ sich mühelos zum Eisengestell dirigieren.

„Befreien Sie sie!"

„Was? Das geht nicht, sie hat bereits etwas zur Beruhigung bekommen, wir wollten gerade sedieren." „Befreien! Sofort!"

Der Arzt tat wie ihm geheißen und befreite Karen. „Spritzen Sie sie fit!"

„Was? Sind sie wahnsinnig?"

„Ja…irgendwie schon! Und jetzt spritzen sie. Aber ich warne Sie. Wenn ihr irgendwas passiert, landet das Skalpell in ihrem Auge.“

Der Arzt zog eine Ampulle auf und verabreichte Karen das Mittel. Daraufhin riss sie die Augen auf und holte tief Luft. Ihr Atem ging rasend schnell. Adam nahm ihren Kopf in beide Hände, blickte sie an und sprach mit ihr.

„Karen, atmen, konzentrier Dich! Du bist frei, Dir passiert hier nichts mehr. Sieh mich an. Atmen. Ruhig atmen. Ein. Aus. Ein. Aus. Gut, Du machst das gut…weiter atmen.“

Karen wurde langsam ruhiger, immer noch bis zum Anschlag mit Adrenalin gefüllt. Als Adam glaubte, dass sie einigermaßen aufnahme- und transportfähig war, stützte er sie und sie liefen raus.

Alles in allem mochte die Situation vielleicht 10 Minuten gedauert haben, viel Zeit war also nicht mehr.

Sie rannten den Gang entlang, wie die *innere* Stimme Adam erklärt hatte. Von der Wache, die ihn malträtiert hatte, war augenscheinlich nichts mehr zu sehen und so liefen sie weiter.

Als sie vor der besagten Tür standen, öffnete diese sich automatisch und gab den Weg frei.

Sie erreichten die Treppe ohne Widerstand. Als sie jedoch den Fuß auf die erste Stufe setzen wollten, geschah es.

Eine Sirene ertönte laut und ohrenbetäubend und alle Lichter schalteten auf *Rot*.

Adam und Karen hielten kurz inne, begriffen dann aber schnell, dass ihnen nicht mehr viel Zeit blieb. Sie rannten weiter die Treppen hoch und wendeten sich nach links.

Karen klammerte sich mehr an Adam, als dass sie lief, und stolperte immer weiter vor.

In ihrem Körper rauschte das Blut vom Adrenalin beflügelt und gleichzeitig vom Beruhigungsmittel eingelullt. Immer wieder versuchte sie sich zum klaren Denken zu animieren, doch es war nicht leicht.

Jetzt konnten sie bereits den Hafen sehen und rechts daneben den Hangar mit Fahrzeugen und Hubschraubern, als sie plötzlich schwere Schritte die Treppe hoch hasten hörten.

Das war das Signal. Schnell versuchten sie, weiter zu kommen; es gab keinen Raum mehr für Überlegungen.

Einfach weiter, immer weiter. Sie bogen nach rechts ab Richtung Hangar und befanden sich nun auf so etwas wie einer Startbahn.

Auch rechts und links von ihnen war mächtig Bewegung. Mehrere Einheiten kamen auf Fahrzeugen angesaust, bewaffnet und verdammt schnell. Sie stolperten rüber Richtung Hangar und schafften es, sich gerade noch durch die kleine Tür zu zwängen.

Doch wohin sollten sie gehen? Sie konnten beide nicht Hubschrauber fliegen, ihr wahnwitziger Plan mit der Pilotenentführung hatte nicht geklappt und noch dazu mangelte es ihnen hier an Zeit, Ruhe und Möglichkeiten.

Schon suchte Adam nach irgendwelchen Mitteln die Tür zu verbarrikadieren, doch er fand nichts. Es wäre auch aussichtslos gewesen, denn die schweren, riesigen Schiebetore, durch die sogar Flugzeuge passen mussten, standen auf der anderen Seite sperrangelweit offen.

Sie kamen hier nicht raus, ohne den Truppen zu begegnen und sie konnten nicht zurück.

Die Zeit rannte weiter.

Doch irgendwie passierte nichts.

Die Tür öffnete sich nicht.

Keiner kam durch die offenen Tore.

Keine Schüsse.

Keine Explosion.

Adam und Karen standen nur da. Sie, immer noch um seinen Hals geklammert, er, langsam total entkräftet und schwer atmend.

Durch die merkwürdige Stille, die entstanden war, wurde er misstrauisch.

Und viel ängstlicher, als er es geworden wäre, wenn das, womit er gerechnet hätte, eingetroffen wäre.

In seiner Vorstellung stürmten die Truppen einfach herein, in einem heroischen Akt schoss Adam sie alle nieder, bevor er sich in letzter Verzweiflung in einen Kugelhagel warf, der Karen schlussendlich rettete und sein von Nanodrähten gesteuertes Leben beendete. So ungefähr hatte er sich gerade noch die letzten Sekunden ausgemalt.

Ausweglos

Stattdessen hörte er auf einmal Schritte. Schwere, knallende Schritte und als er sich ein wenig umsah, konnte er die Quelle der Schritte feststellen. Es war der OBS1, der durch das offene Tor schritt, an einem der Hubschrauber vorbeiging und sein übliches, sadistisches Lächeln aufgezogen hatte.

Geschmückt war sein Auftritt mit einer Pistole in seiner Hand. Er kam auf die beiden zu und setzte sich auf eine der Holzkisten, die in der Halle herum standen.

Dort lehnte er lässig gegen die nächste Kiste und hielt die Pistole einigermaßen zielgenau grob in die Richtung der beiden.

„Ach ihr beiden. Ihr beiden seid wirklich lästig. Wisst ihr, eigentlich wollte ich die Menschheit mit Phase 5 versorgen und mich dann heimlich mit meinem Boot und einem hübschen Mädel aus dem Staub machen. Ich sehe meinen Plan zwar nicht als gefährdet an, aber ihr beiden fliegt immer wieder um meinen Kopf herum wie eine lästige Fliege. Das schlimme ist eigentlich, dass man mir untersagt hat, Sie, Adam, zu töten.“, er hob beschwichtigend die Hände und bedeutete ihnen, nicht vorschnell zu handeln. „Anscheinend sieht man in Ihnen immer noch den entscheidenden Probanden. Den größten Querkopf aller Zeiten, blind vor Liebe und verzweifelt. Ein richtiger Antiheld. Sie sollen der Beweis werden, dass das Mittel wirklich bei jedem korrekt wird. Bevor Sie jedoch glauben, Sie können machen was Sie wollen, darf ich Ihnen immerhin noch sagen: ich darf Sie verletzen und bezüglich PRB201 hat man mir keine Instruktionen mitgeteilt.

Insofern würde ich also schon mal davon abraten, irgendwie überstürzt zu handeln.“

Mit diesen Worten schob er ihnen per Fußtritt einen grauen Kasten rüber, und wies Adam an, diesen zu öffnen.

Dieser gehorchte und sah eine Spritze mit einer klaren Flüssigkeit, auf der stand: *Phase 5.*

Er blickte den OBS1 fragend an. „Ich würde Sie bitten, sich diese Spritze bitte möglichst in den Hals zu rammen oder das von ihrer reizenden Partnerin vornehmen zu lassen. Danach werde ich gehen. Sollten Sie das nicht tun, erschieße ich ihre Karen jetzt sofort und ihre Tochter dann später.

Sie haben 10 Sekunden."

„10"

Adam war schockiert. Er wollte hin und her laufen und fieberhaft überlegen, die Spritze in der Hand. Seine Optionen abwägen. Aber mangels Zeit konnte er einfach nicht. Es war zum verrückt werden. Er erstarrte.

„9"

In Windeseile ratterten seine Gehirnzellen, einige befahlen ihm, zu laufen, andere wiederum, sich die Spritze in den Hals zu rammen. Einige wenige waren für das losstürmen auf OBS1.

„8"

Karen bewegte sich langsam von ihm weg.

„7"

Er überlegte immer noch fieberhaft, wie er die Situation zu seinen Gunsten ändern konnte.

„6"

Karen atmete tief durch. Sie stand leicht gekrümmt da und hatte sich bereits etwa 50 Zentimeter von Adam weggearbeitet. Nur ein paar Schritte.

„5"

Wenn er es tun würde, wäre alles vorbei. Er wäre willenlos, die Menschheit würde verlieren. Alles, wofür sie gekämpft hatten, wäre umsonst gewesen.

„4"

Karen fasste ihren letzten Mut zusammen. Sie holte noch einmal tief Luft, dann setzte sie sich in Bewegung.

„3"

OBS1 begriff als Erster, was Sie vorhatte. Sie wollte ihn überwältigen. Als Adam merkte, was Karen wollte, war sie schon außerhalb seiner Griffweite.

Selbst wenn er genau gewusst hätte, was sie bezwecken wollte, er hätte es beim besten Willen nicht geschafft, sie aufzuhalten. Dafür war sie auch mit den Drogen in ihrem Körper viel zu agil. Sie hechtete die letzten Meter auf OBS1 zu, während dieser die Pistole schnell hochriss und gerade abdrücken wollte.

Dann gab es einen furchtbaren Knall, gefolgt von einer immensen Druckwelle.

Diese beschleunigte Karens Körper, der bereits im Flug auf den OBS1 war und knallte mit diesem zusammen.

In einem einzigen Knäuel flogen die beiden auf den hinter ihnen stehenden Hubschrauber zu und knallten scheppernd gegen die Schnauze. In Adams Rücken war eine riesige Feuerwand zu sehen, die sich in eine tiefschwarze Wolke verwandelte. Adam wurde durch die Druckwelle ebenfalls von den Füßen gerissen und gegen eine schwarze Kiste geworfen. Er verlor sofort das Bewusstsein.

Nach einigen Sekunden kam Karen zu sich und versuchte, endlich mal wieder klar zu sehen. Die Drogen in ihrem Körper, das Adrenalin, die fürchterliche Druckwelle und der hammerharte Aufprall fegten fast jede Kraftreserve aus ihr heraus. Sie stützte sich langsam auf ihren Armen ab und drückte sich hoch.

Als sie wieder einigermaßen sehen konnte und diese gewaltigen Kopfschmerzen spürte, blickte sie unter sich. Dort lag der OBS1 mit weit aufgerissenen Augen, aus denen noch nicht alles an Leben herausgerissen war. Er zitterte am ganzen Leib, Blut quoll aus seinem Mund.

Zuckend lag er da und seine unverhofft kräftigen Hände nahmen Karens Hals und drückten zu. Sie hatte keine Chance. Obwohl sein Körper wild zuckte und es schien, als hätte der Aufprall ihm das Rückgrat gebrochen und dieser nun zu versuchen, das Problem irgendwie in den Griff zu bekommen, hatte er immer noch extrem große Kraft in den Händen.

Und so drückte er zu. Karen blieb die Luft weg. Sie fühlte sich, als würden Schraubstöcke um ihren Hals liegen.

Verzweifelt versuchte sie zu atmen. Die Kopfschmerzen waren explosionsartig mitten in ihrem Gehirn und versuchten, sie fertig zu machen. Ihr wurde langsam schwarz vor Augen und jegliche Kraft drohte aus ihr zu entweichen, als plötzlich ein Schuss ertönte und der schwarze Mann mit einem erschrockenen Blick realisierte, dass die zugehörige Kugel genau ihn getroffen hatte.

Sein Griff löste sich, als er zu der klaffenden Wunde in seinem Bauch greifen wollte, und eine Kraft riss Karen von ihm fort. Es war Adam.

Er nahm sie sofort aus der Griffweite und als er sie ansah und feststellte, dass sie wieder einigermaßen zu Atem kam, drehte er sich um und ging nochmal zu dem OBS1 zurück. Dieser lag zwar immernoch zuckend da, seine Hände waren aber bereits von der Wunde abgerutscht. Er schien keinerlei Kraft mehr zu haben oder aber, er hatte die Kontrolle über diesen Teil seines Körpers verloren. Von ihm ging keine Gefahr mehr aus.

Lediglich seine Augen, die Augen, die sowohl Adam als auch Karen immer wieder durchbohrten und verunsicherten, waren weiterhin wach.

Zwar waren sie weit aufgerissen, begriff er doch, in welcher Situation er sich befand, aber sie konnten Adam noch sehr gut fokussieren.

Dieser ließ sich vor ihm auf die Knie fallen und starrte ihn mit erschöpftem und doch wütendem Blick an. Er griff langsam neben sich, nahm die Spritze aus dem Etui und stach sie dem OBS1 in den Hals. Dabei ließ er sich auf seinen Körper fallen und drehte seinen Mund zu seinem Ohr.

Er hatte immer noch Schwierigkeiten zu atmen, schnappte nach Luft und keuchte. Dann flüsterte er dem schwarzen Mann ins Ohr „Hör einfach auf!", und drückte ihm die gesamte Spritze in den Hals. Was auch immer jetzt mit ihm passieren würde, ob er seinen Verletzungen erlag oder nicht, er wäre entweder sein

Leben lang querschnittsgelähmt oder er würde verbluten. Aber immerhin wäre er der Erste und Letzte, der *Phase 5* getestet hatte, und er stellte keine Bedrohung mehr da.

Ein silberner Schlüssel baumelte lose aus seinem zerfetzen Hemd heraus. Adam beschloss, ihn mitzunehmen, vielleicht war er für irgendwas gut.

Er stand auf und schleppte sich zu Karen. Diese hatte sich wieder einigermaßen gefangen und gesehen, was er getan hatte.

Sie bedeutete ihm, dass sie aufstehen wollte. Er stützte sie und so humpelten sie einigermaßen an einem Stück aus der Halle.

„Was jetzt?“, fragte Karen mit krächzender Stimme, die ihren geschwächten Körper untermalte.

Adam sah wild umher und versuchte irgendwie, aus allen vorliegenden Informationen einen Plan zu schustern. Er sah den brennenden Komplex, die schwarzen Wolken, die Kilometer weit in den Himmel wehten.

Er sah das riesige Versorgungsschiff und überlegte zunächst, ob sie sich nicht dort als blinde Passagiere herein mogeln konnten. Er blickte weiter umher und blieb an einem Punkt hängen.

Dann machte sich ein breites Grinsen auf seinem Gesicht breit, welches Karen nun vollends verwirrte.

Sie schleppten sich gegenseitig zum Kai in Richtung Versorgungsschiff. Karen fragte sich noch, ob das wirklich eine gute Idee war. Sie würden sich die ganze Zeit verstecken müssen, hätten kein Essen und sie waren beide in einer erbärmlichen Verfassung, eigentlich nicht reisefähig und schon gar nicht eingepfercht zwischen irgendwelchen Kisten oder Maschinen. Anheuern wäre wohl auch keine so gute Idee gewesen – schließlich werden auch auf dem Schiff Unterstützer des Systems sein und sie ohne Frage verraten.

Sie grübelte noch weiter, als Adam sie dann plötzlich nach links zog und sie vor einem schwarz lackierten Motorboot standen. Am Bug prangte in klarer Schrift der Name OBS1 und da begriff sie endlich.

Die Stimme

Adam wachte auf und merkte, dass seine Augen ganz verklebt waren. Er hatte Mühe und Not, diese aufzuschlagen, und befand sich außerdem immer noch unter dem Mantel der Müdigkeit.

So beschloss er, die Umgebung erstmal wirken zu lassen und horchte. Und fühlte. Er spürte seine schmerzenden Knochen, seinen unglaublichen Durst und hörte irgendwo in seiner Nähe ein leises Atmen.

Er erinnerte sich. Sie waren beide auf das Boot gegangen, hatten dieses mit Hilfe des Schlüssels gestartet und waren losgefahren. Auf offener See, als sie sich in Sicherheit wähnten, mussten sie beide vor Erschöpfung eingeschlafen sein. Und jetzt? Während er überlegte, versuchte er doch noch mal, seine Augen aufzumachen und blinzelte in einen hellen Raum mit Fenstern hinein.

Als seine Augen sich unter Tränen an die vermeintlich gleißende Helligkeit gewöhnt hatten, konnte er sehen, dass er sich anscheinend in einem Krankenzimmer befand.

Schon wuchs bei ihm die Panik, dass man sie aufgegriffen und wieder in seinem Kopf rumgepfuscht hatte, dann stellte er zu seiner Erleichterung fest, dass in dem Bett gegenüber Karen lag und sie offenbar keinerlei Kopfverbände oder dergleichen hatte. Auch blitzte sie ihn mit ihrem verschmitzten, kleinen Lächeln bereits an und saß bereits aufrecht im Bett, während sie genüsslich an einem Hähnchenschenkel herum nagte. Jetzt war er völlig perplex.

Noch ehe er etwas sagen konnte, öffnete sich jedoch die Tür zum Krankenzimmer und ein Mann trat hindurch, den Adam zumindest noch nie gesehen hatte, allerdings erkannte er die Stimme, als dieser sie mit einem fröhlichen „Guten Morgen“ begrüßte.

Es war die Stimme aus dem Kerker.

„Sind Sie das? Sind Sie die Stimme?“, fragte Adam.

„Ja, ich bin es. Es freut mich, Sie persönlich kennen zu lernen.“, und mit diesen Worten fiel bei Adam all der Schmerz der vergangenen Tage ab. Er spürte eine unendliche Erleichterung und fühlte sich erstmalig komplett sicher.

Und dann erzählte der Mann ihnen alles, was sie wissen wollten und schloss ihre Wissenslücken.

Es handelte sich um Steven McAllister. Steven erzählte ihnen von der Zusammenarbeit mit dem Professor, von dem wissenschaftlichen Durchbruch, den sie damals erzielt hatten und welcher letzten Endes zu all dem hier führte.

Er erzählte ihnen von den Männern, die den Professor entführt hatten und das ganze Labor in Brand gesteckt hatte. Er hatte sich damals wie durch ein Wunder aus der kleinen Toilette befreit und durch die Flammen gekämpft, die zu diesem Zeitpunkt noch nicht überall angekommen waren. Der Brandstifter war nicht davon ausgegangen, dass jemand wirklich seine Klamotten im Klo nassmachen und sie sich um den Kopf wickeln würde, um dann kriechender Weise die Flucht anzutreten. Steven entkam damals mit letzter Kraft dem sicher geglaubten Flammentod und stürzte aus dem Laden direkt auf die Straße.

Er verlor das Bewusstsein. Gefunden hatte ihn letzten Endes derselbe indische Fahrer, der ihn morgens zur Arbeit brachte.

Er schien ihm irgendwie zu verstehen gegeben haben, dass er keinesfalls nach Hause konnte und so hatte der Inder ihn aus einem Akt der Selbstlosigkeit mit nach Hause genommen. Sie hatten ihn gepflegt, so dass er diesen hinterhältigen Anschlag letzten Endes überleben konnte. Danach fing er an, nach Lebenszeichen von dem Professor zu suchen.

Die Spur verdichtete sich immer weiter und so fand er irgendwann das Signal seiner Ratte, die der Professor anscheinend in seiner Tasche mitgenommen hatte.

Er wusste, dass er sich dem Ganzen nur langsam nähern durfte, und so kundschaftete er die Insel aus sicherer Entfernung erstmal aus, während er stets versuchte, über die Ratte Verbindung zum Professor aufzunehmen, aber da diese sich anscheinend nicht beieinander befanden, konnte er es nicht. Dann hörte er irgendwann den Funkspruch von Adam.

„Aber wer hat dann die Kameras ausgemacht an dem Tag, an dem ich mich mit Karen getroffen habe? Wer hat mir die kryptische Nachricht über Mara zukommen lassen?“, wollte Adam verständlicherweise wissen.

„Vielleicht der Professor, er hat mir ja auch kurzfristig den Lieferantenjob besorgt und über die Zeit diverse andere Hilfeleistungen zukommen lassen. Wer weiß, was er noch alles konnte…“, vermutete Karen.

Sie würden es wohl nie erfahren.

Letzten Endes war es ihnen aber auch egal. Es spielte keine Rolle mehr. Als man in der Nähe der Insel die Rauchschwaden gemeldet bekam, kam man mit groß angelegter Rettungsaktion zur Hilfe und hatte es plötzlich mit aufsässigen und schießwütigen Gegnern zu tun, mit hilflosen Menschen und einer Meute an Industriellen, die allesamt über ein Versorgungsschiff türmen wollten.

Also verhaftete man einfach alle, erklärte das zum internationalen Zwischenfall und versuchte Licht ins Dunkle zu bringen.

Mittlerweile hatte man den USB-Stick erhalten und damit alle Fakten, die auf die finstersten Machenschaften schließen ließen, die die Welt je gesehen hatte.

Dr. Mattes wurde verhaftet und sitzt vermutlich lebenslang hinter Gittern, der OBS1 wurde lebensbedrohlich verletzt und querschnittsgelähmt aufgegriffen. Er sabberte nur noch vor sich hin und sagte zu allem, was man ihn fragte, um herauszufinden, was er wusste nur noch „Ja". Er sitzt jetzt in einer Anstalt und fristet dort sein Dasein.

„Alles in allem, meine Lieben, haben die Guten es geschafft und das schwere Schicksal für die Menschheit abgewendet. Ich werde jede Forschung diesbezüglich ruhen lassen und hoffe, dass jeder andere Forscher in der Verhaltensforschung besser auf mögliche katastrophale Auswirkungen achtet. Was Sie angeht, Sie sind in meinen Augen so fit, dass Sie jederzeit gehen dürfen, auch Ihre Erinnerung dürfte lückenlos wiederhergestellt sein", schloss er mit einem herzerwärmenden Lächeln auf den Lippen.

Nachdem sie sich bei Steven bedankt hatten und dieser aus dem Krankenzimmer ging, packten sie ihre Sachen und verließen die Klinik.

Sie schritten aus der Tür und sahen dem Sonnenlicht entgegen.

„Da wären wir also... glaubst Du, Du kannst ein normales Leben führen?“, fragte Karen.

„Nein… aber das will ich auch gar nicht. Schließlich hat mir mein viel zu normales Leben im Hintergrund das Ganze eingebracht.“ Daraufhin nahm sie seine Hand, schenkte ihm wieder dieses kleine, fast unmerkliche Lächeln und sie verließen die Klinik.

- Ende-

CPSIA information can be obtained
at www.ICGtesting.com
Printed in the USA
LVHW030919271120
672640LV00005B/169

9 783752 645118